Karin Rick

Hingabe

Erzählungen

KONKURSBUCH VERLAG
CLAUDIA GEHRKE

W0250091

IMPRESSUM

© konkursbuch Verlag Claudia Gehrke 2003
Postfach 1609, 72006 Tübingen
Tel.: +49(0)7071 - 66551, Fax: +49(0)7071 - 63539
E-Mail: office@konkursbuch.com,
Internet: www.konkursbuch.com
Gesamtherstellung: TZ-Verlag & Print GmbH Roßdorf
Gestaltung: Alexandra Becker
Titelgestaltung unter Verwendung einer Fotografie von
Alexandre Dupouy

ISBN: 3-88769-318-3

Falls Sie unser weiteres Programm interessiert, fordern Sie bitte unser Gesamtverzeichnis an. Verlagsveranstaltungen und unser Programm finden Sie auch im Internet unter: www.konkursbuch.com

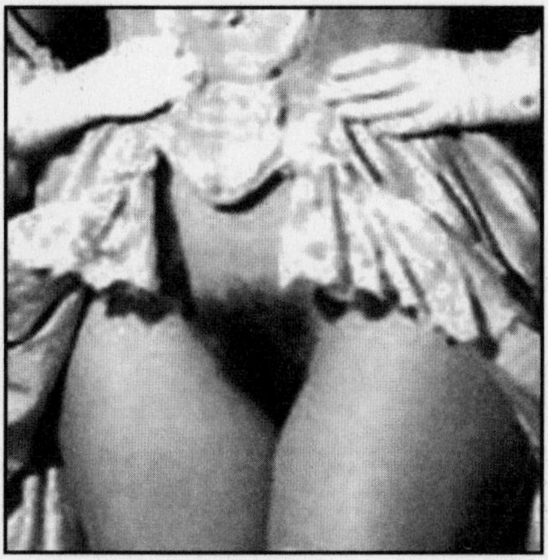

Inhalt

Fliederbrüstchen 7

Frühlingsrauschen 20

Die Lasershow 37

Der Berger und ich 65

Brüsseler Spitzen 83

Hella und die Liebe 116

Vor der Abfahrt 121

Medusa 126

Robinson oder Eden im Atlantik 132

Für Angelika

Fliederbrüstchen

Frühling verursacht immer Angst, etwas zu versäumen. Plötzlich bin ich mit den Möglichkeiten unglaublicher Schönheit konfrontiert, die der Winter vergessen machte, die in der Stadt zwischen abgezirkelten, grauen Häuserzeilen und in Bürogebäuden nicht zu entdecken ist. Ich versuche mich in allerlei Zeitakrobatik, um der Stadt zu entwischen, hinaus in den Wald und auf die Felder oder bloß in den Garten. Jedes Jahr dasselbe Entzücken, als wäre es das erste Mal. Eine Sinnesüberflutung. Buschige Berge von Grün. Gezackt. Gewölbt. Geringelt. Fedrig. Lanzig. Duftig. Blüten, die in den ersten Tagen des heranschwellenden Grüns noch schwerelos am Firmament hängen, in die Luft platziert, aufgespreizt bis aufs Äußerste, wie ein leises Ahhh. Sie erinnern an drängende, irreale Wünsche.

Blühende Kirschbäume! Da möchte ich schweben und einen warmen Windhauch auf meinen Wangenhaaren spüren und so weit werden, dass Luft und Süßigkeit durch mich hindurch gehen, da möchte ich keinen Kontakt zum Boden mehr und diese oder jene Blütenwipfelkrone halten, ohne über die Schwere der Zweige etwas zu wissen.

Zu Beginn ist das Grün nur ein halluzinatorischer Schein, eine Ahnung im Gegenlicht, als wären bloß die Luftschichten etwas angefärbt. Eine Ansammlung von Bäumen in der Ferne schaut aus wie eine Aufbauschung von spiegelndes Grün ahnenden Schatten, wie Reflexionen von Helligkeiten und Dunkeligem. Wenn aber der Wald soweit ist, dass Grünes sich auch dort verbreitet, werden die Blüten schwerer und konsistent. Die Buchenblätter, Perlen aus geschliffenem

Glas. Die Baumwipfel schreien ihre grelle Grünheit in die Lüfte.

Die der Apfelbäume scheinen nicht mehr in die Luft, sondern mit unsichtbarem Draht einzeln direkt an die Zweige montiert zu sein, für länger, für eine religiöse Zeremonie, Hochzeit oder Firmung. Sie könnten aus künstlichem Stoff sein, gestärkte Seide zum Beispiel.

Ich habe den Wunsch, unter Aufgabe jeglichen Denkens durch den Wald zu gehen, auch auf die Aktivität des Gehens zu vergessen, diesem Licht, diesem grünen Leuchten entgegen, ganz umhüllt zu werden davon.

Jeder Schönwettertag im Büro, jeder Regentag in der Freizeit ist eine Folter, ebenso die Tatsache, dass meine fern lebende Geliebte gerade zu dieser Jahreszeit nicht mit mir sein kann und es auch vermutlich nie sein wird. Ein Faktum, das nicht passt. Unfair und ungerecht und nicht notwendig.

Die Geräusche des Frühlings: Der Gesang der Vögel ist auf akustischer Ebene ein ähnliches Erlebnis von Durchsichtigkeit und Aufjauchzen, Verausgabung wie die Farben. Aber immer kommen mir durch dieses Singen auch Assoziationen mit Einsamkeit und Tod. Vogelzwitschern ähnelt der Stimmung von Stille und Ausgebranntheit nach einem Sonnenuntergang im Sommer, als wäre die Erde als Schlachtfeld zurückgeblieben.

Noch vor einigen Jahren war das Aufwachen im Frühling bei Vogelgezirpe mit dem Gefühl der Leere und Bedrohung verbunden, Erinnerung an die Schmerzzeiten meiner ersten Frauenbeziehung zum Beispiel. Wenn die Wochen, in denen ich die Geliebte wegen eines Streits nicht sah, im Frühling lagen, waren sie die schlimmsten.

Heute erlebe ich das Gefühl, mit der Einsamkeit nicht zurande zu kommen nicht mehr so stark. Das Aufwachen der Vögel – ich höre es ohnehin höchst selten, weil ich da immer tief schlafe – es ist wie ein einziger, anschwellender Hall, ein unendlich erstaunter Ausruf. Dieser Hall ist absolut, er kann nur glücklich machen oder traurig. Neuerdings passiert es mir mit dem Vogelgezwitscher jedoch wie mit vielem anderen, das ich immer geliebt habe. Ich lege eine Haltung an den Tag, die mit „später, genießen wir es später", charakterisierbar wäre. Sie macht mich für die Gegenwart empfindungsloser, etwas ungeduldig. Am liebsten würde ich sie wieder loswerden, weil sie den Genuss verunmöglicht. Wenn sie auch den Schmerz über die Vergänglichkeit mildert.

Die Düfte: Flieder macht mich fast schwindlig vor Süßigkeit, mit all den Erinnerungen, die er transportiert. Unmittelbar entstehen Glück und Gedanken an Vergangenes, als bedeuteten Frühling und Fliedergeruch auch in der Gegenwart immer Vergangenheit. Kindheit und Kastanienalleen im Wiener Prater, Meiereien, und eine bestimmte Nacht, in der ich als Kind mit meinem Vater von der Josefstädterstraße zum Donaukanal ging. Dort, an der abfallenden Böschung blieben wir zwischen zwei Brücken stehen. Eine war glasblau-türkis erleuchtet, die andere orange. Damals war eine solche Beleuchtung der Gipfel an Fortschritt. Jetzt gibt es Regenbogenfarben ohne Ende, an allerlei Gebäuden zu allerlei Anlässen. Es gibt auch mehr Brücken in Wien, ja viel Stadtgestaltung. Überall wird behübscht und eingegriffen, der Rathausplatz ist ständig im Rummel. Damals aber war nur die Tribüne der ersten Mai Aufmärsche vor dem Rathaus, danach die Bestuhlung für die Festwocheneröffnung etwas, das Massen anzog, ansonsten war die Stadt an Frühlingsabenden fast leer, nur vereinzelte Liebespärchen waren zu sehen. Das machte den Spaziergang zum Donaukanal zum Abenteuer. Außerdem war der Papa ja nur selten für mich da, weil vor allem mit der Mama und ihren Agenden beschäftigt.

Wärme: Am unwiderstehlichsten im Frühling ist der erst nach und nach ins Schwarze übergehende Himmel und die Wärme. Unlängst kam sie ganz unvermutet, nachdem die Zeit vor der Abreise der fern lebenden Geliebten eisig gewesen war.

Es war der Abend, an dem ich einen Vortrag über „Sex und Gender in neuen Werbestrategien" an der Uni Wien hielt. Eine Dozentin namens Reinhauser, die erklärte, mich von einem Kongress in Amsterdam zu kennen, hatte mich dazu eingeladen. Als ich mich in Richtung Uni begab, stellte ich fest, dass es von einer Stunde zur anderen warm geworden war in der Stadt. Mit meiner neuen weißen langärmeligen Rüschenbluse, den Blue Jeans und dem Blazer war ich eindeutig zu dick angezogen. Der Anblick der vielen StundentInnen löste eine kleine Panikattacke in mir aus. Sie kamen mir vor, als wären sie durch meinen Vortrag nicht zu zügeln, sprich einzunehmen. Ich fing zu reden an. Durch das offene Fenster des Hörsaals drang Straßenlärm. Eine Studentin ging zum Fenster und schloss es. Dann war es mucksmäuschenstill. Der Raum war von ungewisser Spannung erfüllt, keine traute sich, auch nur eines ihrer Schreib- und Leseutensilien hervorzukramen. Ich war mir nicht sicher, ob sie zuhörten oder innerlich wegtrieben. An Textsstellen, die von kleinen Scherzen meinerseits unterbrochen wurden, merkte ich jedoch, dass sie sich allmählich entspannten. Als gelegentliche Auflacher, eher Seufzer der Erheiterung kamen, wusste ich, dass mein Vortrag saß. Hinterher wirkten sie eingeschüchtert und still. Ich habe dann immer ein Gefühl der Traurigkeit, wenn ich diese Einschüchterung bemerke, ich kenne sie eigentlich nur von jungen Leuten, von SchülerInnen und StudentInnen, jener Spezies, die ununterbrochen durch Leistungsdruck und das Autoritätsgehabe der Institutionen gefügig und mundtot gemacht wird, und vorher im Elternhaus. Es ist ihnen anzusehen, dass ihnen die Lust am Sprechen lange abhanden gekommen ist. Ich wollte zu diesem Zustand am wenigsten beitragen, und hatte sie nun doch mit meinen Worten wie mit einer Lawine niedergewalzt.

Die erste Wortmeldung kam von einer Frau, die mir im Rücken gesessen hatte. Sie fragte, wie ich mich als Vortragende fühle, wenn ich von Frauen als Schauobjekten sexueller Lust erzähle, auf Plakaten, im TV oder in einem anderen Medium.

Dann wollte ein Mann wissen, ob Humor den Eindruck einer sexistischen Darstellung mildern würde. Aber wer ist der Adressat des Humors, fragte ich. Auf wessen Kosten geht der Witz? Überhaupt war es dann dieser junge Mann, der die Diskussion vorantrieb, er war voller Wissbegierde und Mitteilungsdrang. Die Reinhauser mahnte ihn deshalb immer wieder zur Mäßigung, denn die anderen kämen angeblich gar nicht zum Reden. Sie wollen es aber ohnehin nicht, dachte ich. Dafür reagierten sie angriffslustig auf ihn, was ihn nicht sonderlich störte. Der zumindest hatte sich nicht schon in jungem Alter die Flügel stutzen lassen.

Er sah typisch studentisch aus. Einen solchen hätten wir vor dreißig Jahren auch im Hörsaal gehabt, mageres Gesicht, Brille mit dünnem Metallrahmen, die Haare in Pagenschnitt unterhalb des Ohrs stumpf abgeschnitten, aus der Stirn gekämmt, wie die Garbo. Er hatte etwas Effeminiertes, nicht negativ, meine ich, ich hatte Mitgefühl mit ihm, obwohl er die typisch männliche Vordenkerrolle einnahm. Mit seinen Einwänden wurde er von den paar Feministinnen im Saal schließlich komplett niedergefahren.

Nachher lud mich die Dozentin Reinhauser zum Essen ein. Schon auf dem Weg ins Restaurant fühlte ich den Frühling in mir köcheln, der plötzlich durch das Ansteigen der Temperatur über uns hereingebrochen war. Ich spürte die Stadt voller Erwartung, als wir über die stark befahrene Währingerstraße gingen. Wir setzten uns ins Freie. Für eine Puristin wie mich war der schmale, überdachte Schanigarten neben der Fahrbahn nicht gerade ein Hort der Romantik, an diesem Abend aber stimmte es. Die Luft schien zu stehen vor Milde, nicht einmal eine Jacke war notwendig. Und die Reinhauser war entzückend zu mir, und aufmerksam. Ich war eine Art Vorbild für sie. Ich schwelgte.

Zwei Stunden später verabschiedeten wir uns bei der Votivkirche. Ich hatte die Absicht, die U-Bahn nach Hause zu nehmen, aber auf einmal wurde ich unternehmungslustig. Das altbekannte Gefühl des Feierabends in Wien kam in mir auf, das auch mit Kindheit zu tun haben muss, mit den Eltern, die alles Feine liebten: schön ausgehen und von ansprechenden Gebäuden umgeben sein.

Ich stand da, in der Nähe des Burgtheaters und des Volksgartens und um mich herum wirbelte die Stadt. Alle hatten verstanden, dass es warm geworden war, hemdsärmelig sozusagen. Morgen würde das Wochenende beginnen.

Ich ließ mich treiben, am Burgtheater vorbei. Natürlich hätte ich mir noch mehr gewünscht, mit einer geliebten Person hier zu flanieren und die atemlose, unbestimmte Erwartung gemeinsam genießen. Aber gut, das war nicht „angesagt". Ich hatte mir als Liebhaberin eine ausgesucht, die einige tausend Kilometer weiter weg wohnte. Also ging ich allein und trotzdem frohen Mutes, die blütenschwangere Luft tief einatmend in den Volksgarten hinein, es war zweiundzwanzig Uhr, die Parksperre ließ auf sich warten, das Tor war noch offen, Leute defilierten in kleinen Gruppen oder zu zweit an mir vorbei. Die Laternen flammten auf, das Grillparzer Denkmal und das Bundeskanzleramt erstrahlten im Scheinwerferlicht, am prunkvollsten schimmerte der weitschweifige Bogen der Hofburg, der Trakt der Nationalbibliothek mit seinen Monumentalsäulen. Sogar Punks schienen an diesem Abend Gefallen zu finden, und auf den Bänken des Heldenplatzes saßen Pärchen und starrten in die Luft.

Eine große Bühne wurde aufgebaut. Aha, dachte ich, schon wieder Rummel, was ist es diesmal? Der erste Mai war noch weit, für eine Demo sah mir das zu vergnügungsorientiert aus, überall FM4-Logos, und mehrere Gigawatt Lautsprecherboxen.

Dass ihr mir nur ja die Fliederbüsche in Ruhe lasst, keifte ich leise vor mich hin und stellte beruhigt fest, dass die Absperrungen um die Bühne dicht vor den Büschen aufhörten, sie nicht berührten.

Ich näherte mich dem ersten Busch und roch daran. Ein betäubend süßer, lieblicher Duft, der in einer einzigen Sekunde alle Erinnerungen an Frühling wirr und unübersichtlich in mein Gemüt brachte. Diese Büsche, seufzte ich auf, so viele Blütendolden, das hat wohl noch niemand gesehen. Und in der Tat ist es ja so eine Sache mit dem Flieder. Zumeist sitzen die Dolden irgendwo oben in den Zweigen, nicht in Reichweite, oder sie sind nur vereinzelt zwischen dem Laubwerk auszumachen. Hier aber, diesmal, heuer sozusagen, gab es keine Lücke, keinen Bruch, jeder einzelne der zwanzig Büsche, die den Platz säumten, war wie eine überdimensionierte violette Knolle aus Tausenden hängenden, wogenden Dolden zusammengesetzt, die dicht an dicht die gesamte Oberfläche des von der Stadtverwaltung zu einer Kugel geschnittenen Strauches ausmachten, so dass kein einziges Blatt, ja kein Zweig mehr zu sehen waren, nur diese wollige, flauschige, wippende, duftige Ballung von Blüten. Ein Wunder.

Schon Mitte März, als es für kurze Zeit unüblich warm war, war ich hierher gekommen und hatte beobachtet, wie kleinwinzige, dunkle Pünktchen in fest zusammengepressten Dutts darauf warteten, zu blühen anzufangen, Hunderte von ihnen. Ich konnte nicht glauben, dass alle Dolden aufblühen würden. Schon damals dachte ich mir, „ein Wahnsinn, wenn die aufgehen, dann gibt es hier ein Blütenmeer ohne Ende."

Jetzt in der Dunkelheit des 26. April konnte ich sie riechen, sehen und betasten in ihrer luftigen Nachgiebigkeit.

So ging ich witternd von Busch zu Busch. War vielleicht durch diese idiotische Bühne etwas in meinem Genuss gestört, andererseits froh, dass so viele Menschen geschäftig herumliefen. Als ich wieder einmal an einem Busch roch und mich daran erinnerte, wie ich vor Jahren mit meiner besten Freundin Christina zur selben Zeit hier gewesen war und aus Jux und Tollerei kurz das T-Shirt hochgezogen hatte und meine Brust mit einer der Dolden berührte, sie kitzeln ließ und lachte, und Christina mich daraufhin immer damit aufzog, läutete das Handy.

Etwa zehn Meter von mir entfernt die große FM4-Bühne, einige Wichtigtuer legten Kabel. Ob ich antworten sollte? Na gut. Ich holte das Handy aus dem Rucksack. Am Apparat war mein Vater, dessen Stimme ich zuerst nicht erkannte, weil er lustig sein wollte und irgendeine öffentliche Stelle imitierte, ich glaube, die Wasserwerke. Meine Schwester war ja für zwei Tage in Salzburg, also fadisierten sie sich und schon riefen sie mich an, um halb elf Uhr nachts.

„Wisst ihr wo ich gerade bin, am Heldenplatz", rief ich ins Handy.

„Was? Ist schon wieder eine Demonstration?"

„Nein, ich rieche an den Fliederbüschen, und erinnere mich an die Frühlingsabende, in denen ich mit dir bis zum Donaukanal ging."

Diese Geschichte war für meinen Vater offenbar nicht so einzigartig gewesen wie für mich, er konnte sich nicht erinnern, was mich ein bisschen traurig machte. Echte Gefühle konnte man ihm gar nicht erzählen, obwohl er immer unbedingte Liebe und Präsenz einforderte. Aber dann lässt er mich mit solchen Erinnerungen allein, denn eigentlich will er ohnehin nur loswerden, dass die Mama sich, jetzt da meine Schwester in Salzburg auf Kongress ist, und beide allein zu Hause sind, als Haremsdame verkleidet hat, mit Schleier und Geschmeiden behängt wäre sie eben aus dem Badezimmer herausgekommen, um ihn zu verführen.

Beide Eltern sind über siebzig, der Vater seit vierzehn Jahren schwer herzkrank, die Mutter hat ein kaputtes Kreuz, weil sie ein Leben lang im Geschäft gestanden hat, aber die Erzählung mit ihr als Haremsdame nehme ich ihm trotzdem ab. Sie haben Kinderseelen, eine solche Aktion ist ihnen zuzutrauen. Die Mutter hat sich auch früher bei jedem neuen Kleidkauf vor uns wie auf einem Laufsteg präsentiert. Außerdem brauchen beide immer meine Schwester und mich als das Publikum ihrer Ehe, um bestätigt zu bekommen, wie gut es ihnen geht. Ich stieß also Rufe der Begeisterung aus, was sie sich erhofft hatten.

Wenigstens lag der Vater mit der Frage nach einer Demonstration nicht ganz falsch, denn diese Woche hat es in sich gehabt. Neonazis und Rechtsradikale hatten voriges Wochenende hier am Heldenplatz gegen die Wehrmachtsausstellung demonstriert, hundertsechzig Leute, in aller Ruhe übrigens, von der Polizei geschützt, und die Gegendemonstration der Linken am Ring, die ungefähr dreitausend umfasst hatte, hatte sich blutige Gefechte mit den Einsatztruppen geliefert. Die Neonazis sind nachher unbehelligt durch die Stadt gezogen, mit Heil-Hitler-Grüßen usf.

Vorgestern war die Demonstration gegen die Studienreform, und seit einer Woche kämpft die Botschaft der Besorgten Bürger, eine Art Mahnwache, gegen die rechtsrechte Regierungskoalition um ihre Existenz. Seit zwei Jahren stand sie, ein improvisiertes Hüttchen und ein Tisch, auf dem Folder und Unterschriftslisten aufgelegt waren, vor dem Bundeskanzleramt am rechten Außenrand des Platzes. Vorgestern wurde sie geräumt. Angeblich hatten weder das Bundeskanzleramt noch der Innenminister den Befehl dazu gegeben. Nein, die Burghauptmannschaft (man kommt sich wie im Mittelalter vor, im Wien des dritten Jahrtausends) ist eigenmächtig vorauseilend gehorsam zur Tat geschritten und hat das Kabäuschen abmontiert und entsorgt. Seitdem gibt es täglich dasselbe Spiel. Die Aktivisten bauen die BBB neu auf, mit Zelt oder so, der Burghauptmann räumt sie weg.

Aufgebaut, wieder weggeräumt, aufgebaut, geräumt. Gestern war die wöchentliche Donnerstagsdemo, wegen der Räumung hatte sie vermutlich mehr Zustrom als sonst bekommen, und heute rieche ich am Flieder und rede mit meinen Eltern am Handy und überlege, ob meine Mutter den durchsichtigen Haremsschleier beim Telefonieren schon abgelegt hat.

Sie fragt mich, wo ich bin. Am Heldenplatz, Mama. Um Gottes willen, allein mitten in der Nacht? Nein, Mama, es sind viele Leute hier, die bauen eine Bühne für ein Fest auf und riechen auch an den Fliederbüschen.

Während ich mit ihr rede, denke ich an Christina und den Abend, als ich meine Brüste aus Spaß für den Flieder entblößte, und warum denn nicht jetzt auch, die Gelegenheit ist günstig. Ich telefoniere, habe das Handy am Ohr, was sachlich aussieht. Niemand vermutet, dass ich nun eine gewissermaßen obszöne Tat begehe, mir vorsichtig und langsam die Rüschenbluse aufknöpfe, Knopf für Knopf. Das ist nicht einfach, denn sie ist neu und die Knopflöcher noch nicht ausgedehnt. Ich muss mit den Fingern bis zum Hosenbund hinunter. Und immer schaue ich beobachtend nach links und rechts, bereit, schnell das Sakko darüber zu schließen, falls jemand misstrauisch oder neugierig oder um mich anzumachen auf mich zukommt. Aber absolut niemand nimmt Notiz von mir, weder die Bühnenarbeiter, noch Pärchen, die ebenfalls neugierig an den Büschen schnüffeln, noch die obligaten Gruppen von hundebesitzenden StadtstreunerInnen, die etwas weiter weg in der Wiese sitzen und ihre Flasche mit billigem Fusel durch die Runde gehen lassen und einen tiefen Zug machen, anstatt sich an der duftenden Einmaligkeit der Dolden zu erfreuen – in dem Sinne, wie ich das tue.

Ich habe die Bluse nun geöffnet und tauche die Brust, die

ob des unerwarteten Luftzuges recht aufgeregt ist, in die luftige Masse der Dolden, während ich meiner Mutter zuhöre und ja sage, und wirklich, und so etwas, und da musst du halt aufpassen, wenn du so viel Arbeit hast, den ganzen Tag lang, schon dich doch lieber, du bist doch in Pension, und weißt du schon, wie es Gabi in Salzburg geht?

Der Flieder fühlt sich fantastisch an auf der Brustwarze, das kann ihr nur gut tun, er gibt nach und ich muss sie immerzu bewegen, damit sie mit so vielen Blüten als möglich in Kontakt kommt. Es ist so erregend, dass mir Schauer über den Rücken ziehen und die Brust sich wie in einem fernen Land fühlt, auf einer monsunwarmen Windhöhe. Ich ziehe die duftschwangere Luft tief ein und fühle mich großartig. Wenn die Mutter das wüsste! Was würde sie wohl sagen? Ihre älteste Tochter im Alter von sechsundvierzig steht am Wiener Heldenplatz, hat die Brust entblößt und taucht sie in ein Blütengewirr ein, was würde mein Chef sagen, der Präsident der „Cyber-Media"-Holding, der mich immer als Aushängeschild der Firma zu Kongressen schickt, oder die Kollegen, die von der EDV, oder all die Frauen, die meine Bücher über Gender und Werbung lesen, oder die Donnerstags-DemonstrantInnen oder die Burschenschaftler vor zwei Tagen, oder der erzkonservative Kanzler, der Herr von der Burghauptmannschaft?

Ich kann nicht genug davon kriegen, immer wieder in diesen Busch hineinzustoßen beziehungsweise mit der Hand die Dolden leicht auf- und abzuwippen, damit das sanfte, kühle, kitzelige Gefühl auf meinen Brustwarzen nicht aufhört, und auch das Gefühl mich auszusetzen, mich hervorzuwagen und gleichzeitig vermutlich einen idiotischen Anblick zu bieten, etwa wie ein in einen Busch pinkelnder Mann mit Handy am Ohr.

Das Absurde der Situation ist wohl, dass ich mit dem Gesicht zum Busch stehe, der Welt den Rücken drehe, ein unübliches Verhalten, insbesondere für Frauen. Was sollen die denn sonst anderes tun, als mit dem Rücken zur Wand stehen und ihre Front anbieten? Männer haben zumindest Erfahrung darin, es umgekehrt zu machen, um ihre Notdurft zu verrichten oder um zu onanieren. Von Männern ist man es gewöhnt, dass man sie gelegentlich oder häufig so stehen sieht, zur Wand gedreht, zu einem Baum, einem Busch, und damit beschäftigt, den Hosenlatz auf- und zuzuschließen. Aber eine Frau? Was hat die wohl auf Tuchfühlung mit einem Fliederbusch zu schaffen? Vielleicht hört sie so besser, wenn sie telefoniert, oder das Laternenlicht ist ihr zu stark, die vorbeifahrenden Autos zu laut.

Ich ziehe das Gespräch mit Mama in die Länge, bis ich das Gefühl habe, genug zu haben. Genug Fliederduft (obwohl, das sollte nie aufhören), genug Brustlust, genug Im-Moment-sein.

Dann knöpfe ich die Bluse wieder zu. Die Knöpfe mit einer Hand ins Loch zu drehen erfordert Geduld. Als ich wieder gesellschaftsfähig bin, sage ich meiner Mutter Gute Nacht und habt es noch schön in eurem orientalischen Schloss, und wende mich zum Gehen. Immer wieder drehe ich mich um. Auf einmal weiß ich, warum die Bühne aufgestellt wird, ÖVP-Stadtfest morgen. Danach wird von der Natur ohnehin nicht mehr viel übrig bleiben. Ich bin versucht, ob dieser tristen Aussicht noch einmal zurückzugehen, sage mir aber, es war gut so. Ein solcher Augenblick sollte nicht Minuten später wieder aufgewärmt werden. Ich gehe zur U-Bahn. Die Brust fühlt sich noch eine ganze Weile aufmüpfig und lebendig an.

Frühlingsrauschen

Seit gestern habe ich dieses spezielle aufgeregte Gefühl in der Kehle, das sich meist nach einem neuen Sexualkontakt einstellt. Es ist wie zu wenig geschlafen haben, überdreht, durstig sein. Kater ohne Kopfweh. Dabei war nur der Ferdl daran beteiligt. Und wirklich, war denn das notwendig? Man denkt sich, o.k., ein Ausrutscher. In einem Anflug von Geilheit überwand ich die Scheu vor seinem alternden, auch von ihm selbst ungeliebten, vernachlässigten Männerkörper. Es verlief noch dazu, wie zu erwarten gewesen war, ungeschickt und verhudelt. Das tolle Gefühl wandert trotzdem weiter, in den nächsten Tag hinein, in den übernächsten und so fort. Seitdem bin ich besser aufgelegt, unternehmungslustig, übermütig. Das alles wegen eines dahingeschluderten Sexualverkehrs, der uns Sonntag auf der Wiese passiert ist. Jo-Ann darf davon nichts erfahren, um Gottes Willen. Aber was sollte ich tun, es ist Frühling, die Sonne wärmt, die Bäume blühen und ich hatte einen Notstand. Außerdem hat Ferdl am Samstag in meiner Wohnung bis spät in die Nacht gebohrt, Vorhangstangen montiert und den Kristalllüster, Lampen am Klo. Gemeinsam haben wir einen Rasenmäher gekauft und zusammengebaut, für all das war ich ihm ewig verbunden. Liebe ist Dankbarkeit für empfangene Freuden, sagt Balzac. Kein anderer Satz ist mir aus seiner Lektüre so sehr im Gedächtnis geblieben, wie dieser. Natürlich war es trotzdem nicht notwendig. Aber was ist schon notwendig.

Was Ferdl anlangt, so hatte die Bekanntschaft mit Jo-Ann es mir leicht gemacht, mich von ihm zu lösen, die kurze Liaison zu beenden, die sich in einem Frühjahr und Frühsommer vor zwei Jahren in einer unbegreiflichen Ausblendung der Abwehr gegen seine Körperlichkeit ergeben hatte. Seine starken Gefühle hatten für mich eine gewisse Anziehung. Als Jo-Ann auftauchte, war klar, dass Sex mit ihm nicht mehr passte. Jo-Ann erinnerte mich wieder daran, wie delikat, ausgewogen, sinnlich und künstlerisch ekstatische Verschlingungen sein können.

Es ist ja nicht nur das. Es sind seine Gerüche. Entweder Knoblauch, auf den er nach meinen Vorhaltungen jetzt schon verzichtet, bevor er zu mir kommt – einmal musste ich beim gemeinsamen Fernsehen sogar das Fenster öffnen – oder der Mief schlecht gelüfteter, selten gewaschener Kleidung. An ihm ist immer etwas, das Ärger verursacht, seien es die selbst geschnittenen, fettigen Haare, von denen einige immer zu Berge stehen, als wäre er eben aus den Federn gekrabbelt, oder dass er nicht wissen will, wie er sein Äußeres vorteilhaft gestalten kann. Die schönen Kleidungsstücke, die ich ihm geschenkt habe, trägt er einfach nicht. Er schaut immer vernudelt, abgewetzt, verknittert aus, als wäre er mit der Gestaltung seines Äußeren überfordert. Wie soll man sich so jemanden hingeben, oder auch nur in die Möglichkeit einer Berührung kommen wollen.

Dennoch ist mir dieses Ungeheuerliche passiert, und das vermutlich auch wegen meiner unappetitlichen Lust auf Überwindung von Scham und anderer selbstauferlegter Hürden des Sexuellen. Sicher auch, weil ich ihn mag.

Der Samstag, an dem der Ferdl bei mir gebohrt hat, wurde unerwartet nett. Ich weiß auch nicht wieso. Für kurze Zeit habe ich meine Widerstände gegen ihn abgebaut, vielleicht wegen meines Gefühlsvakuums. Ich wollte mich stärker an ihn anlehnen. Vielleicht geht mir Jo-Ann, die noch dazu selten in Wien ist, mit ihrer Ernsthaftigkeit auf die Nerven. Ferdl im Gegensatz zu ihr ist halt doch sehr witzig, und wenn ich ihm etwas erzähle, kommt nicht sofort die psychologisch geschulte Empathie, sondern ein Schmäh, ein sarkastisches Zurücklehnen. Zu den meisten gesellschaftlichen Sachverhalten hat er eine zynische Distanz. Die hat Jo-Ann ja überhaupt nicht, sie ist weder schlagfertig noch spontan, meist geht es ihr um tiefes, eifriges Ausloten von Hintergründen und darum, mit ihrem Wissen zu brillieren.

Gut, sein schwarzer Humor ist manchmal auch fehl am Platz, besonders wenn ich von starken Gefühlen geritten werde, auf Grund einer ausweglosen Situation oder wegen einer Frau. Ich erzähle ihm davon, aber er kann damit nichts anfangen. Letztes Wochenende nach der Geburtstagsparty meiner Schwester, zu der auch Christina, meine erste große Frauenliebe eingeladen war, war ich mit ihm bei Purkersdorf spazieren. Ich war noch aufgewühlt von dem Fest, schutzlos meinen wirren Emotionen gegenüber, ob es meiner Schwester gefallen hatte, ob ich mich genügend um die Gäste gekümmert hatte, ob meine Rede gut genug war, ob Christina sich wohl gefühlt hatte.

Ich saß mit ihm auf einem Feld, noch dazu unter dem wilden Kirschbaum, unter dem ich mit ihm vor zwei Jahren das erste Mal Sex hatte, was für den Moment aber nichts bedeutete, und ich sagte unvermittelt: „Ich hab Christina SO gern“, ein Understatement, das heißen sollte „ich liebe sie und manchmal bin ich traurig, dass nichts aus uns geworden ist“. Dann fing ich sogar zu weinen an. Ferdl war so überrascht, dass er nicht wusste, wie er reagieren sollte.

Er kapierte zuerst nicht einmal, dass tiefe Gefühle im Spiel waren, er glaubte vielleicht, sich verhört zu haben, dachte vielleicht, dass ich gesagt habe: „Christina hat bei dem Fest ein sehr schickes Kostüm getragen“, oder „ich werde mit ihr nächste Woche essen gehen“, oder so ähnlich, aber sicher rechnete er nicht damit, dass ich über eine Frau, die ich seit fünfzehn Jahren kenne und kontinuierlich sehe, plötzlich in seiner Gegenwart solche schicksalsschwere Worte verliere. Dieser nostalgische Ausrutscher kam ja auch mir seltsam vor. Es war ein Durchbruch der Vergangenheit, der mir selten passiert. Vielleicht, weil Jo-Ann gar so weit weg lebte und sich keine andere „echte“ Beziehung in Wien abzeichnete, vielleicht weil ich Jo-Ann nicht wirklich liebte, kam mir die Zeit mit Christina in den Sinn, vergoldet durch die Jahre, die inzwischen vergangen waren.

Auf keinen Fall konnte Ferdl nachvollziehen, wie ich mich fühlte. Er wusste sich nichts Besseres zu tun, als den Arm um mich zu legen und mich an sich zu drücken. Das hatte ich nicht gewollt. Andererseits war es eine nette Geste. Dann sagte er: „Das Wichtigste ist, kein Drama daraus zu machen“. Na ja, gut. Die Ferdlsche Philosophie. Was eine gefährliche Regung sein könnte, unter den Tisch kehren. Was hatte ich mir auch anderes von ihm erwartet.

„Ich werde mich bemühen“, sagte ich unter Tränen lächelnd, und schon war es mir peinlich, vor ihm ein solches Gefühlschaos offen gelegt zu haben. Als wir von unserem Spaziergang nach Hause kamen und ich mich schnell von ihm verabschiedete, weil ich es eilig hatte, drückte er mich auf einmal an sich, an den großen ungelenken Körper mit den zweifelhaften Mann-Gerüchen und sagte: „Du, ich mag dich so sehr“, was nun auch einer Liebeserklärung gleichkam.

Absurd, dachte ich, die Tatsache, dass ich ihm über meine Gefühle zu einer Frau erzählt habe, mit der ich seit Jahren nicht mehr zusammen bin, ermutigt ihn, mir sein Herz zu öffnen, eher hätte ihn das doch ein für alle Mal davon abhalten sollen. Denn was sagte es anderes, als dass mich sogar die Beziehung zu einer Ex-Ex-Ex-Geliebten mehr beschäftigt als er in der Gegenwart? Da soll sich einer mit Männern auskennen. Oder war es bloß das Atmosphärische?

Am Samstag, als er meine Wände anbohrte, war er mir für kurze Zeit geheuer. Ich fand es sehr nett, wie man so sagt, zu zweit heimzuwerken, zu meinem Komfort beizutragen. Ich brauchte nicht einmal körperlichen Abstand zu ihm zu halten, wie sonst, wenn ich fürchte, er berührt mich doch irgendwie. Kommt er vom Radfahren, ist nicht nur der Bart, vor dem mir graust. Verschwitzt ist er, der ganze Körper dampfig und feucht. Dann mag ich ihm nicht einmal einen Begrüßungskuss auf die Wange geben.

Diesmal jedoch nichts von Ablehnung meinerseits zu spüren. Im Gegenteil, ich empfand es als wohltuend zu beobachten, wie er den Bohrer ansetzte und mit dem Material keppelte, wie er fluchte. Seine Wutausbrüche waren relativ sanft. Da er, wie Jo-Ann sagt, kaum über Testosteron verfügt, fehlt auch männliche Aggressivität. Diesmal gab ich seinem Humor und seiner Geschicklichkeit mit Schrauben, Dübeln und elektrischen Leitungen Vorrang vor seinen Unzulänglichkeiten. Ich war blind vor Dankbarkeit, dass er meine Wohnung in ein Schmuckstück verwandelte, weil er mit mir zusammen sein will und auf mich steht.

Ja, ich war wie ein weichgekochtes Rinderfilet. Ich war zutraulich. Als er auf meinem Sofa sitzend vorsichtig das Kabel in das Gewinde des Kristalllüsters einfädelte, war ich von seinen klobigen, präzise arbeitenden Fingern höchst beeindruckt und ließ mich sogar soweit gehen, über seine Hand zu streicheln, und zu sagen „Ferdl, toll wie du das machst". Er schaute mich daraufhin mit dem fatalistischen Lächeln des ewigen Verlierers an, was ich entzückend fand.

Als er ging, drückte ich ihm ein Bussi auf die Wange und bedankte mich herzlich, was ihn dazu veranlasste, seine überlangen Arme um mich zu schlingen, und mit einem einzigen Griff die Hände genau auf meinem Hintern platzieren. Ich wich nicht einmal zurück, sondern ließ mir diese Zudringlichkeit gefallen. Nachher war ich ziemlich aufgewirbelt. Mir war heiß.

Ich dachte an unseren bevorstehenden Ausflug, für den Fall, dass es am Sonntag schönes Wetter gäbe, und überlegte, ob es mir viel ausmachen würde, ihn an mich ranzulassen. Erstens wäre auch mir damit gedient, weil ich seit langem geil bin, und außer dem leidigen Onanieren keine Möglichkeit habe, diese Geilheit abzubauen, zweitens wäre es eine nette Geste ihm gegenüber, da er mir geholfen hat. Konsequenzen wird es praktisch keine haben. Wir werden einander begegnen wie vorher. Bloß wäre er mir noch mehr verbunden. Und Jo-Ann wird davon nichts bemerken, weil dies keine neue Begegnung ist, die mich aus dem Gleichgewicht bringt.

Besser aber nicht daran denken, dachte ich vor dem Einschlafen.

Nächster Tag, Sonntag. Der erste strahlend blaue Himmel ohne Wolken seit Wochen. Vor so viel Schönheit weiß ich nicht, was ich zuerst machen soll, und kurz entsteht Panik, diesen außergewöhnlichen Tag nicht so genießen zu können, wie er es verdient.

Also zuerst einmal blieb ich im Garten, setzte mich direkt

vor den kleinen Apfelbaum und starrte diesen längere Zeit an.

Dann, gegen eins holte ich den Ferdl ab. Keine Sperre, keine Abwehr gegen ihn, keinerlei Nörgelsucht über sein Äußeres. Weiß der Himmel wieso. Mit Unbehagen stellte ich das fest. Nichts mehr gegen ihn zu haben, nichts zu kritisieren, nichts widerlich zu finden, dankbar zu sein für seine witzigen Bemerkungen, und dass ich mich in seiner Gegenwart aufführen kann, wie ich will, er wird es immer toll finden, war vielleicht schon die Vorbereitung, die Einstellung auf den Sex.

Wir entwickeln beide die gleiche lakonische Verächtlichkeit, wenn wir einander erzählen, was sich im Mikrokosmos Österreich politisch getan hat, die gleiche spöttische, abwertende Haltung medialen Produktionen gegenüber. Ich, weil ich mir die Rituale der Heterowelt auf den Nerv gehen, er, weil er generell ein Außenseiter ist. Es gibt fast keine Kreise, wo er andocken kann, ich habe wenigstens die Illusion Feministin zu sein oder zu neunzig Prozent lesbisch.

Unser Witz ist der der Ohnmächtigen, vielleicht sind wir auch bloß Stammtischrandalierer.

Ich war sagenhaft gut aufgelegt, als ich auf der Autobahn an der Hügelkette des südwestlichen Wienerwaldes vorbeizog und meine Augen über das heftig grelle Grün der frisch entknitterten Buchenblätter schweifen ließ. Ferdl klammerte sich in manchen Kurven mit beiden Händen am Haltegriff fest, weil er fand, ich führe zu schnell, aber nichts dagegen tun konnte. In duftigen Flächen schimmerte und flackerte uns dieses Grün an, und hörte auch nicht zu glimmen auf, als wir bei Mayerling den Wagen verließen und den Wiesenweg einschlugen. Nein, es wurde immer dreister und heftiger. Es ist eine Farbe, die ausschaut, als würden die Bäume losschreien, so *highpitched* ist sie. Als würden die Bäume ihre Gurgel nach außen stülpen, damit sie im Schreien so grün sein können, wie heute, fast schon sonnengelb-grün. So brillant wie dieser Himmelskörper, so jauchzend.

Als wir nach Groisbach kamen, wo der Aufstieg zum Peilstein beginnt, war die Luft ruhiger. Ich hielt nach dem Birnbaum Ausschau, unter dem Ferdl und ich letztes Jahr gesessen und gepicknickt hatten, aber damals war ich grippekrank, fiebergeschüttelt und hätte im Bett bleiben sollen. Ich dachte nur an Jo-Ann, fühlte mich kein bisschen wohl mit ihm und war verärgert, dass ich mit der falschen Person hier lag.

Diesmal sah ich in Ferdl nicht unbedingt die falsche Person. Gut, mit Jo-Ann wäre es eventuell in mancher Hinsicht besser gewesen, zum Beispiel wenn es zu Sex kommen sollte, obwohl mich ihr dünner Körper manchmal zu zorniger Ablehnung hinreißt, da könnte ich ihn in Stücke fetzen, so hässlich finde ich ihn. Am liebsten wäre ich zehn Jahre früher mit Christina hier, oder hätte ich Sudelsex mit Karl-Friedrich, aber auch das gibt es längst nicht mehr. So ist er, der Ferdl der einzig Richtige in diesem Moment. Und worauf kommt es im Leben sonst an?

Der Birnbaum blüht nicht mehr, aber in derselben Reihe zwei Apfelbäume. Auch wenn wir hier nicht ganz allein sind, denn am Ende des Feldes steht eine Häuserzeile, möchte ich hier verweilen, schon allein wegen der hunderttausend weißen Blüten, die gegen den Himmel wogen, und er, Ferdl möge doch bitte schon die Truthahnschnitzerln auspacken.

Er schaut wie immer konsterniert, wenn ich nicht auf einer Bank Platz nehme, sondern mitten im Gras. Vorsichtig setzt er sich hin, darauf bedacht, in einen nicht allzu unangenehmen Kontakt mit der Natur zu treten. Gut, vor zwei Jahren ist er von einigen Zecken gequält worden, an, für einen Mann besonders empfindlichen Stellen. Soweit wird es diesmal ohnehin nicht kommen. Kann er sich ruhig niederlassen, finde ich. Wie immer setzt er sich zu nahe neben mich und ich muss entrüstet und verärgert ausrufen: „Ferdl, bitte! Die Decke ist doch groß genug, quetsch dich nicht so dicht zu mir.“ Dann schaut er mich verständnislos an und rückt ein wenig beiseite, nur um es das nächste Mal wieder so zu machen.

Da sitzen wir nun und essen und ich bin höchst zufrieden. Ich denke an nichts Bestimmtes oder wenn, dann ist der Gedanke schnell wieder weg. Ich bin am Ziel meiner Frühlingswünsche. Auf einer Wiese neben einem blühenden Apfelbaum, dessen Blüten in Augenhöhe hin und her fließen, strahlende Sonne, tiefblauer Himmel, Wärme. Alle Unruhe ist weg, als ich mich auf den Rücken lege und in den Himmel schaue oder auf den Baum, nur vereinzelt mit Ferdl einige Worte wechsle. Vielleicht ist ein kleines Unbehagen da, die bohrende Frage, werde ich heute Sex mit ihm haben oder nicht? Soll ich ihm wirklich so nahe kommen? Seien wir froh, dass wir das vor eineinhalb Jahren hinter uns gelassen haben. Gut, diese Gedanken sind da, aber mehr noch die Sympathie für ihn und dass ich mich in seiner Gegenwart wohl fühle, mitbekomme, dass er mich begehrt und auf den erst besten Moment wartet, mir das mitzuteilen. Seufz, es ist alles so vorhersehbar.

Ich sage gerade etwas Belangloses, wie: „Was da unlängst im Büro abging, habe ich absolut nicht vertragen“, und er: „Ich weiß, du bist ja sehr sensibel“, und ich: „Ach so? Gut, dass dir das auch schon aufgefallen ist. In welchem Bereich meinst du?“ Er lacht: „Das ist eine gute Frage. In jedem Bereich eigentlich, du bist der sensibelste Mensch, der mir je begegnet ist.“

Süß, oder?

Als ich weiter vor mich hindöse und denke, hier könnt ich ewig bleiben, vor diesem blühenden Baum, fragt er mich in meine Gedanken hinein, ob wir jetzt aufbrechen wollen. Na gut, sage ich, sonst kommen wir nicht mehr auf den Peilstein. Insgeheim denke ich mir, hier ist ja Sex ohnehin unmöglich, hundert Meter von den Häusern entfernt. Jo-Ann wäre das egal, aber er scheißt sich an, wenn auch im Entferntesten die Möglichkeit besteht, dass ihm jemand dabei zuschaut. Ich setze mich auf. Ich bin ehrlich gesagt noch von der gestrigen Berührung mürbe und auf einmal, blindlings, ohne zu denken, lasse ich mich nach hinten sinken, an ihn, ich bin richtig erschreckt darüber. Er umarmt mich flugs und in mir macht sich so eine Art irres Aufmucken, ein über mir Zusammenschlagen des Wohlbefindens und aufkommender Geilheit bemerkbar, dass mir schwindlig wird und es in den Ohren zu pochen anfängt. Ich seufze auf, drücke meinen Kopf an seinen und sein Finger streicht zaghaft über die Wölbung meiner rechten Brust.

„Der Frühling“, sagt er, „macht einem ganz gamsig“.

„Ja“, rufe ich, „schrecklich! Komm wir gehen jetzt lieber, schnell, das ist ja ganz schrecklich, was wir hier tun.“

Ich springe auf. Wir packen die Wanderdecke und falten sie zusammen.

Ich: „Das ist echt unsittlich, was wir da eben getrieben haben.“

Er: „Katholisch sind wir doch sowieso nicht.“

Ich: „Trotzdem, das geht nicht so.“

Und wir marschieren weiter. In mir ist komplette Stille. Wie zu den Siestazeiten in einem süditalienischen Landhaus, wenn die goldbraunen Läden zugezogen sind und du nur eine müde Fliege summen hörst. Satte, weite Stille erfüllt mich. Ich finde keine Worte mehr, ich trotte zufrieden und stumm vor mich hin, der Tag scheint sich ausgeweitet zu haben, auch jetzt, während ich das schreibe, spüre ich diese Stille in mir, nichts schaukelt, nichts schreit, nichts will etwas, nichts fragt nach, nichts nörgelt, nichts will noch mehr oder ist unzufrieden. Es ist, als wäre alles gesagt worden.

Nach einigen Minuten kehrt wieder Alltag ein, auch weil es jetzt bergauf geht und weil ich mir ernsthaft überlege, ob ich ein ruhiges Plätzchen für uns suchen soll, ohne dass er das zu früh mitkriegt, mich frage, ob er merkt, worauf ich hinaus will, wenn ich jetzt nach einer Lichtung fahnde.

Fremde Leute erleichtern uns die Sache. Wir kommen an zwei Frauen und einem Mann vorbei, die städtisch blond und vor allem laut sind und nicht zu meinen Schwingungen passen. Ich sage zu Ferdl: „Du, lassen wir sie vor, bleiben wir kurz hier."

Mit „hier" meine ich eine abgezäunte Wiese, auf der sonst Schafe weiden, die allerdings nicht zu sehen sind. Das Gatter lässt sich etwas öffnen und wir rutschen durch. Ich versuche, meine Absichten zu vertuschen und sage: „Andererseits, was nützt es, hier hineinzugehen, hat eh keinen Sinn, bleiben wir draußen, oder nein, setzen wir uns halt hin und essen wir einen Apfel, hm?"

Er nickt beflissen, zu allem bereit, ahnt vielleicht schon etwas, erhofft sich etwas, will mir nahe sein, wieder auf der Decke mit mir sitzen oder lehnen oder liegen. Die Wiese ist abschüssig, wir müssen eine Weile klettern bis wir ein kleines, halbwegs ebenes Plateau finden. Hier setzen wir uns hin. Ich hole den Apfel aus dem Rucksack und reiche ihn ihm, denke mir, Eva hält Adam den Apfel hin, der Auftakt zur Sünde, Sünde in Hinblick auf Jo-Ann natürlich, sonst wäre es völlig uninteressant, ob wir es tun oder nicht.

Er beißt hinein, ich lege mich auf den Rücken und weiß immer noch nicht, ob ich mich darauf einlassen soll. Er wird etwas gehemmt sein, jetzt, wo ein Kontakt möglich wäre. Oder er fürchtet, dass uns die Leute doch sehen, ganz verborgen und uneinsichtig ist dieses Plätzchen auch nicht. Die Stimmen der Wanderer verebben langsam.

Da denke ich mir plötzlich, los, auf ins kalte Wasser, wenn nicht jetzt, dann nie, wir wollen ja doch irgendwann auch am Gipfel landen, jetzt ist es Viertel vor vier. Und ich fange zu lachen an.

Er: „Was ist, warum lachst du?"

Ich setze mich mit einem Ruck auf, beuge mich zu ihm, küsse ihn auf die vollen, inmitten der Bartstacheln doch weichen Lippen (nie hätte ich gedacht, dass ich das je noch einmal freiwillig machen würde) und sage: „Das ist der Apfel der Sünde." Nehme den Apfel und lege ihn hinter seinem Kopf ins Gras. Er umklammert mich sofort, ich halte mich an seinem runden, großen Schädel an und sage: „Ferdl, du gibst halt keine Ruh. Immer willst du Sex. Was machen wir jetzt mit so viel Geilheit?"

Er darauf: „Ausleben!"

„Aber ich bin doch in einer Beziehung."

„Dann sehen wir es halt als Triebbefriedigung an."

Ich dränge mich an ihn, denn ich brenne buchstäblich, wegen der unmöglichen Situation und weil ich mich bereits von ihm an- und abtasten lasse, weil ich Jo-Ann hintergehe, also ein böses Mädchen bin, und, und, und. Ich bin unbeschreibbar geil, man könnte sagen, meine schweinischen

Phantasien werden nun fast Realität, La Belle et la Bête. Er tappt ungeschickt nach meinem Hintern und grabscht hinein, ich schreie auf vor Lust und zucke zu ihm hin, was er als Aufforderung auffasst, noch fester zuzupacken, was mich noch geiler macht. Er könnte ja meine Hüften, meine Seiten hinauf- und hinunterstreichen, so dass es differenzierter geil wird, er lässt schon wieder unzählige Stellen aus, die er auch noch berühren könnte, klebt sozusagen an einer Stelle fest und drückt da hinein, so dass sich die Hose in meine Arschspalte frisst, aber egal, es ist gut gemeint und ich bin sowieso in Fahrt.

Seine Zunge könnte flinker sein, diese Kugel, die sich kaum aus der eigenen Mundhöhle heraustraut. Sie lässt mich hungrig zurück. Er hat keine Ahnung, wie er weiter machen soll und verharrt nun regungslos in dieser Klammerstellung, bis ich mein T-Shirt hinaufschiebe und ihm meine Brust in den Mund halte. Das war eine gute Idee, denn die Zunge wieselt an der Warze herum, was mich zur Raserei bringt. Ich stöhne „gut so, das ist fantastisch gut, du", sage also etwas Nettes, was meinem Zustand durchaus entspricht. Jetzt die andere, denke ich, und rücke die rechte Brust zu seinem Mund, hebe sie richtig gehend hoch, damit die Warze zwischen seine Lippen rutscht. Er giert danach, folgsam nässt die Zunge sie ein und ich bäume mich auf.

Ich öffne jetzt meinen Zipp, es soll schnell gehen, damit die Geilheit ja nicht nachlässt, er fährt mir in den Slip und ich muss ihn zurückhalten, weil er kein Maß kennt, sondern darauf los reiben will. Wie ein Kind, das mit einem zu großen Kochlöffel auf die Suppe klatscht, dass es nur so spritzt, so ist er mit meiner Möse, die Finger könnten sie ja recht fein ertasten, geil wie sie jetzt ist, er müsste nur an das Kabel denken, das er gestern vorsichtig in die Windung hineingeschoben hat, um das richtige Maß zu finden, aber auf die Idee kommt er natürlich nicht, so muss ich die dicken, viel zu großen Finger immer wieder von mir abheben, damit er mir nicht weh tut, ein Jammer ist das, ein verdammter Jammer mit ihm, aber die Aussicht auf einen Orgasmus stimmt mich milde.

Ich denke mir gerade, o.k., dann soll er halt mit einem Finger in mich hinein und ich werde mir währenddessen die Klitoris reiben, da rutscht er plötzlich mit dem Kopf zu meiner Möse und fängt ohne Vorwarnung zu lecken an, leckt hektisch, wie aufgezogen auf mich ein, ohne sich vorzutasten, ohne wissen zu wollen, was es hier überhaupt zu lecken gibt, leckt in der Hoffnung, eine erregbare Stelle zu treffen, in der für ihn kryptischen, in ihren Möglichkeiten nicht entzifferbaren Körperpartie, wo sich Vulva, Klitoris und Lippen vereinen. Er glaubt, er macht es gut. Ich gebe ihm zu verstehen, er möge den Finger in die Möse stecken, natürlich findet er nicht hinein und ich muss ihn führen. Kaum ist er drinnen, schiebt er ihn auch schon viel zu hoch hinauf, so dass wieder die Empfindung der Klitoris davon gestört wird und abebbt, und es nützt auch nichts, wenn ich sage „langsam, Ferdl, langsam", er hört das nicht einmal, er ist ja auch noch dazu schwerhörig.

Ich komme trotzdem, bin so geil, es geht trotz aller seiner Fehlgriffe mit mir los, es schüttelt und beutelt mich, dass mir Hören und Sehen vergeht und ich mich an seinen Körper, den breiten, runden Schultergürtel klammere, herrlich! Sex ist wie Onanieren, nur dass du dich währenddessen an jemandem festhalten und menschliche Wärme spüren kannst, mehr ist es doch nicht oder? Dieses Festhalten der Fleischmassen gereicht mir zur Freude, und dann mache ich es mir mit dem Finger und komme noch einmal.

Ich bin äußerst befriedigt, es getan zu haben, und wage mich zu seinem Schwanz vor, hole ihn aus dem Schlitz der gebatikten Unterhose, schon wölbt er sich in meiner Handgrube, schlank und hart und rosig, wie ich sehe, erregend, ziemlich erregend. Ich könnte jetzt ewig lang auf und abstreichen und ihn fühlen, wie er erst seidig trocken ist, sich dann einnässt, aber Ferdl ist jemand, der seine Erregung nicht dosieren kann. Er wird jetzt gleich kommen, das weiß ich. „Die Brustwarzen", flüstert er mit aufgerauter Stimme. Ich fahre ihm unter das verschlissene T-Shirt zu den winzigen Warzen und reibe ein, zwei Sekunden daran, auf einmal dreht er sich weg von mir und nimmt mir den Schwanz aus der Hand. Was ist jetzt los? Da sehe ich, wie er ihn von der Decke weg über die Wiese hält und abspritzt. Dieses Bild wird mir für immer im Gedächtnis bleiben, ein Ferdl, der sich während der sexuellen Handlung einfach wegwendet, als ob er sich übergeben müsste, dabei hält er nur den Schwanz über das Gras, übergibt sich nicht. Stattdessen spuckt der rosa Penis stoßweise dünnen Saft aus.

Sähen wir von Außen zu, würden wir uns über den Anblick, den wir beide bieten zerkugeln. Ich verdutzt aufgerichtet in seinem Rücken, er mit dem Besprenkeln der Wiese beschäftigt. Aber auf das Lachen vergessen wir, er ist zu sehr in die Handlung involviert und mir ist ein Minimum an Ehrfurcht vor der Ekstase des anderen Menschen verblieben. Beeindruckt schaue ich mir diesen Strahl an, ist er doch der Beweis dafür, dass Ferdl es nun gekriegt hat.

Ich will noch ein Mal, und er muss den Finger, den er sich eben am Gras abwischen wollte, wieder in mich hineinstecken, bis ich meinen dritten Orgasmus habe, danach halte ich seine Hand in meiner Fut fest, während ich satt die Worte brumme und murmle: „Ach ist das gut, dich da drinnen zu haben, ach ist das gut.“

Natürlich ist es gut, trotz seiner Plumpheit, im Nachhinein ist alles o.k. Ich schaue auf uns herab. Meine Hose bis zu den Wanderschuhen hinuntergeschoben, auf meinem Bauch die Abdrücke des Hosenbundes, der Slip bei den Waden, das T-Shirt klemmt die Brüste ein. Er mit offenem Hosenlatz, Hemd und Unterhemd vernudelt. Wie er nun dabei ist, seine Finger penibel mit einem Taschentuch trocken zu wischen, da denk ich mir, dass es für ihn bestimmt eine Überwindung war, mit meinen schleimigen Säften in Berührung zu kommen, ich bin Feuchtes von Frauen ja schon gewöhnt, er aber hat selten bis gar nicht damit zu tun. Was tut er nicht alles, um abspritzen!

Ich reibe meine Wange an seinem Gesicht, drücke seine Hand und versuche, den stacheligen, etwas säuerlich riechenden Bart zu akzeptieren. In einem Anflug von Rührseligkeit sage ich: „Ich hab dich so gern, Ferdl, es ist entsetzlich, aber es ist so“, und er mit belegter Stimme: „Ich dich auch“.

„Was mach ich nur mit dir? Das hätte doch schon längst vorbei sein sollen.“

„Sieh es halt als Frühlingstrieb an.“

„Na gut, was soll man auch sonst tun, an einem solchen Tag, wäre sonst schade drum.“

Und so treiben wir unsere Scherze über uns selbst, während wir die Decke zusammenlegen.

Er: „Man kann noch so sehr in der Natur sein, irgendwo ist immer ein Specht der klopft und Lärm macht“, und in der Tat ist ständig ein Gesäge und Gehämmere weiter oben im Wald zu hören.

Dann wagen wir den Aufstieg.

Ich: „Ob ich das jetzt noch schaffe, ich bin so fertig.“

„Echt?"

„Na, nach drei Orgasmen?"

„Gut, das ist ja Standard bei dir. Wären es nur zwei gewesen, hätte ich gedacht, ich habe etwas falsch gemacht."

Ich grinse und denke, was hast du eigentlich NICHT falsch gemacht? Dass ich dreimal gekommen bin, ist allein meiner unbändigen, perversen Geilheit zu verdanken.

Aber ich sage nichts. Er nimmt mich an der Hand, was ich ausgesprochen rührend finde. Der Spaziergang geht durch funkelnden Wald, die Sonne bringt jedes Blatt zum Klingen.

Auf der Terrasse des Schutzhauses Menschenmengen. Wir flüchten zu den Klippen der Kletterer, und der Anblick ist wie jedes Mal überwältigend, die sanften, weichen, hellgrünen Hügel unter uns, das Tal der Hafnerbergkirche, das nassglänzende Band der Straße nach Hainfeld und die Wiesen dazwischen. Ich hätte gedacht, dass nach dem Abebben der Geilheit wieder Distanzierungswünsche von mir da sind, stattdessen will ich mich immer noch an ihn anlehnen. Als wir uns weit nach vorn zu den Felsen setzen und auf Rax und Schneeberg schauen, liegt seine Hand auf meinem Knie und ich halte sie. Hie und da küssen wir uns schnell und sauber.

Zum Abschied sagt er: „Das war wieder einmal ein prächtiger Tag mit dir. Rundum gut genützt."

Die Lasershow

Haus und Garten werden heute zur Falle, eine schöne, paradiesische zwar, denn die Sonne blinkt durch das dichte Grün, Vögel zwitschern und scheppern, dass es nur so eine Freude ist, die Nachbarn verhalten sich ruhig, kein Rasenmäher, kein Autostaubsauger, keine Baumsäge, kein Hammer, kein plärrendes Kind, keine hysterisch tobende, eunuchisch skandierende Mutter-von-vier-Kindern-Stimme, kein Mororradgedröhne, kein Basketballgeklatsche auf dem Beton nebenan, nichts. Stille, Gezirpe, hie und da das helle Aufflackern von Schmetterlingsflügeln im hohen Gras. Paradiesisch, trotzdem eine Falle.

Endlich, gegen vier Uhr, kommt eine SMS von ihr, eine süße, wie immer, in dem Stil, „bin mit dem Fahrradfahren fertig, gehe noch auf ein Eis, meine Sehnsucht nach dir wächst." Das ist Raffaelas Wink, meine Pläne umzustoßen und sie anzurufen, um sie früher zu sehen. Und das mache ich auch.

Ich frage sie, ob sie nicht Lust hätte, gleich zu kommen, wir könnten doch nach Bad Fischau fahren, zu einem Frühlingsfestival mit anschließendem Feuerwerk in der Therme, Christina hätte mich gefragt, ob wir mitgehen. Damit werfe ich sowohl meine Isolationstendenzen als auch meine für diesen Samstag selbstgewählte Unabhängigkeit über den Haufen. Natürlich lässt Raffaela sich nicht zwei Mal bitten, eine Stunde später ist sie da, hat sich gerade noch Zeit genommen, zu duschen, dann ist sie losgefahren, zu mir. Welche Frau will denn auch bis neun Uhr abends warten, wenn sie schon um fünf bei der Liebsten sein kann!

Es gibt wohl kaum zwei Menschen, die ihre Freizeit unterschiedlicher gestalten als Raffaela und ich. Ich dränge gerade zu obsessiv auf Kontemplation, bin manisch naturversessen, darauf aus Baumblüten anzuschauen und an jeder Blume zu riechen. Ich will die Hektik zum Stillstand kommen lassen, jede Lärmquelle auf Null reduzieren. Am Wochenende ausschlafen. Zur Entspannung in der Laube im Garten sitzen und dort, um es mir gut gehen zu lassen, eisgekühlten Nescafé trinken, zum nächsten Plätzchen wandern, zu der orangefarbenen Plastiksitzgarnitur, dann zum Aluminium-Bistro-Tischchen, dort esse ich vielleicht ein Stück Torte, von der Laube weiter zur Liege. Überall beginne ich aufs Neue „es mir gemütlich zu machen", nach den Mühen der Woche, des Alltags, die eigentlich, seien wir ehrlich, nicht einmal Mühen sind. Aber die U-Bahn und die Menschenmassen, das reicht schon, um gleich einmal, sobald ich zu Hause ankomme, eine Sitzpause mit Café im Garten einzuläuten. Dieser Genuss lässt sich unendlich in die Länge ziehen, wenn ich zwischen den Schlucken auf die Vergissmeinnicht schaue oder auf die Baumkronen der Kastanien. Das gleiche langsame Tempo gilt für meine Waldspaziergänge. Stundenlang kann ich auf einer Lichtung im Nadelwald sitzen, um das Spiel der Sonnenstrahlen zu beobachten und harzige, heiße Stille zu riechen.

Sie, Raffaela, ist das Gegenteil. Ein Raffaela-typischer Samstag könnte folgendermaßen aussehen: Um halb sieben Uhr neben mir im Westen Wiens aufwachen, sich aus dem Bett schleichen, statt Frühstück schnell ein Glas Wasser trinken, beim Bäcker ein Semmerl als Wegzehrung holen, in den Norden Wiens fahren, um ihre Kinder, die beim Vater leben, von Klosterneuburg abzuholen, weil Raffaela ihnen ein Casting für Kindermoderation in den ORF-Studios im

Süden Wiens, sechzig Kilometer entfernt organisiert hat, und der Vater der Kinder am Wochenende zu faul ist, um diese Tour zu übernehmen. Während die Kinder also zwei, drei Stunden in den Studios verbringen, fährt sie zurück in den Norden der Stadt, um auf den Kahlenberg hinauf zu joggen. Obwohl man in Wien überall waldlaufen kann, kennt sie nur dort angeblich einsame Wege, auf denen sie niemandem begegnet. Dann läuft sie, sagen wir eineinhalb Stunden im Wald auf und ab – beträchtliche Steigungen übrigens – mit circa siebzehn Kilometern in der Stunde, das ist ihre Form der Meditation, fährt danach wieder zurück in den Süden, um die Kinder abzuholen und in den Norden zurückbringen, dann schnell noch ein Ründchen Fitnesstraining, schleicht sich gratis in ein Fitnesscenter ein, geht Eis essen, besucht auf dem Weg eine Freundin, telefoniert während des Autofahrens all ihre anderen Freundinnen durch und hat dabei laut dudelnde Musik an, findet noch Zeit, das Auto zu waschen, das Fahrrad aufzupumpen, wird dreimal geblitzt, weil sie immer zu schnell fährt, dann kommt sie zu mir, geduscht, frisch angezogen und nach Seife duftend, verschnauft kurz und will stante pede Sex, Sex bis zur Erschöpfung. Danach will sie nur mehr mit mir im Bett bleiben, um gegen halb zehn, wenn für mich der Abend erst beginnt, todmüde und glücklich einzuschlafen.

Gleich wird sie läuten und ich muss über uns beide lachen. Über mich, die so sehr auf Autonomie drängt und sich einen freien Tag erbittet, um dann diesen ohne sie kaum über die Runden zu bringen. Und über sie, die extra Mountainbiken geht, um sich auszupowern, um mich nur ja in Ruhe zu lassen, und sich während des Radelns fortwährend fragt, warum zur Hölle ich nicht mit ihr sein will. Trotz aller

Selbstbeherrschung schickt sie mir dann eine vorsichtige SMS, um nach meinem Rückruf auf der Stelle zu mir zu fahren.

Sie läutet in ihrer üblichen speedigen Art, schnelle und kurze Stöße auf die Klingel im Jazzrhythmus, tamtararamtam tamtam, meine streng katholische Nachbarin sitzt lesend im Garten. Ihre Anwesenheit zwingt mich, die Begrüßungsküsse nach innen in das Entrée zu verlegen.

Ich schließe hinter Raffaela schnell die Tür, die allerdings aus Glas ist, also wenn die Nachbarin nur wollte, könnte sie lesbische Begrüßungserotik pur mitgenießen, aber die sinniert weiterhin über ihrem Gebetsbüchlein.

Da steht mein Engel vor mir, eine Doppelliterflasche Cola und einen Becher Sauerrahm, ihr Beitrag zum Abendessen in der einen Hand, in der anderen die Autoschlüssel, legt alles lachend und prustend am Boden ab, um mich zu packen und zu halten. Endlich kann ich sie wieder anfassen, was mir eine unmittelbare, unglaubliche Befriedigung bringt, denn ich bin überwältigt von ihrem Im-Körper-Sein. Noch glatter und gestraffter fühlt sie sich jetzt an, nach dem Fahrradfahren und dem kurzen Abstecher ins Fitnesscenter, die blonden Locken sind in noch nassen, dicken Wellen zusammengekämmt, die knochige sehnige Schlüsselbeinpartie, die muskulösen Oberarme platzen nackt aus dem enganliegenden T-Shirt, die Schultern ultrabreit, der Bauch flach und fest, alles in allem ist sie so griffig, so standfest und gleichzeitig so unausgegoren, fast unsicher jung mit ihrem schlanken Hals, ebenso ihr Lachen und die blauen Augen. Ich kann nicht aufhören, fest zuzupacken, sie zu küssen, zu lecken und zu beißen. Wir landen schnell im Bett, das letzte Mal scheint eine Ewigkeit her zu sein. Es ist, als wäre sie von einer langen Reise zurückgekehrt.

Trotz ihrer wilden Leidenschaftlichkeit ist sie überragend sanft und fein, ihre Zunge wie ein feuchtes Tierchen, gleitet bis zu meinen Zehen, Kniekehlen, Schenkelinnenseiten, ihre Stimme unendlich weich, wenn sie sagt, wie sehr sie mich vermisst hat, wie schrecklich die Tage ohne mich sind. „Du bist urschön", flüstert sie inbrünstig und treuherzig.

Einigermaßen sexgesättigt fahren wir gegen halb sieben nach Bad Fischau. Christina hat mir am Telefon den Mund wässrig gemacht mit dem dortigen Kulturfestival, aber für die meisten der Attraktionen, auch die Ausstellung in einem Wasserschloss, sind wir zu spät dran. Immerhin stehen oder hängen in den Straßen noch einige Exponate, ein Ruderboot pendelt in der Luft, ironische Anspielung auf den ausländerfeindlichen Spruch der FPÖ „Das Boot ist voll", ein *speakers corner* im Schlosspark ist eingerichtet, die Reden haben wir versäumt. Wir schlendern durch die menschenleeren Gassen. Abschlussveranstaltung ist das Fest im Thermalbad, „Kristalltherme" genannt.

Christina meldet sich am Handy, sie wären schon dort, wann wir nun endlich kommen, sie und Traudi wären eben dabei, eine ganze Bank für uns zu reservieren und gegen Besucherscharen zu verteidigen, wir sollen schnell machen. In der Tat haben sich jede Menge Leute um das Becken versammelt, als wir eintreffen. Christina und Traudis Bank, direkt am Wasser, ist aber leicht zu finden.

Das Fischauer Bad ist ein Juwel aus der k. u. k. Monarchie, ein glasklares Naturbecken, kiesbedeckter Grund, das Wasser von der Thermalquelle gespeist, Reihen gelb-grün gestrichener Badekabinen aus Holz steigen in zwei Terrassen hinter dem Becken an wie die Kulisse eines Theaters.

Heute werden sie tatsächlich zur Bühne. Weitere Becken liegen rechts davon in einem prächtigen Park. Romantische Liegewiesen mit Obstbäumen, eine kleine Meierei mit Caféterrasse, ein zweites Café gleich beim Eingang des Bades, hundert Jahre alte Kastanienbäume auch Linden dürfen in keinem alten Park in Österreich fehlen. Kieswege, kein Plastik, kaum Beton, Geländer aus Schmiedeeisen um das Becken, ein Wasserfall für Kneippkuren. Alteingesessene Familien mieten diese Kabinen auf Lebenszeit und geben sie an die Enkel weiter.

Das Häuschen der Baddirektion ist über und über von Efeu überwuchert. Eine Folge der legendären TV-Krimiserie „Kommissar Rex“ wurde hier gedreht. Von jeder Stelle des Bades aus sieht man den romanischen Wehrkirchturm des Ortes. So mancher brütend heiße Sommernachmittag in Wien wurde hier im eiskalten Naturbecken für mich und meine Schwester erträglich, auch für Christina, wenn sie gerade in keiner Beziehung steckte. Wir drei verabredeten uns hier spontan, sagen wir um fünf Uhr Nachmittag, um noch schnell hineinzuspringen, bevor ein Gewitter kam.

Ich erinnere mich an einen solchen Nachmittag, als die anderen Menschen das Bad fluchtartig verlassen hatten, weil sich eine schwarze Wolkenfront aufbaute, wir drei aber gerade in diesem Moment aus Wien (immerhin fünfzig Kilometer entfernt) ankamen und natürlich sofort ins Wasser sprangen, trotz unmittelbar bevorstehendem Donner und Blitz. Es verbietet einem hier niemand etwas, der Badbesitzer, seine Frau und die Töchter sind von wohlwollender Höflichkeit. Er brüllt nicht, wie sonst in Bädern üblich, mit heiser hysterischer Stimme BADESCHLUSS, wenn es auf acht, halb neun Uhr zugeht. Meist fangen die routinierten

SchwimmerInnen erst um die späte Tageszeit an, das leere Becken zu durchmessen.

Da schwammen wir unter der Gewitterwolke und entledigten uns kichernd unserer Bikinioberteile im Wasser, außer uns keine Menschenseele, als die ersten dicken Regentropfen hineinprasselten. Meine Schwester hatte einen großen, weißen Sonnenschirm mitgenommen. Auf einem flauschigen, weißen Badetuch saßen wir unter dem Schirm auf den Stufen jener terrassenförmig angelegten Badehüttchen wie drei Primadonnen der Tropen, bis der Regen so stark herunterfegte, dass wir ins Auto flüchten mussten.

Das erzähle ich Raffaela, als wir durch die Menge der Schaulustigen hindurch auf Christina und Traudi zugehen. Die Leute sind diesmal zum Kulturgenuss hergekommen. Zum Schwimmen ist es ohnehin zu kalt, die Eisheiligen haben das Hochsommerwetter im Mai wieder verscheucht.

Da sitzen Christina und Traudi auf der hart verteidigten Bank direkt vor dem Becken, seitlich der Bühne, die vor den Kabinenreihen aufgebaut wurde. Die beiden schauen aus wie zwei Nornen auf Sonntagsausflug, dunkelrot geschminkte Lippen und schicke Kleidung, etwas argwöhnisch und streng, trotz des freundlichen Lächelns, in Erwartung eventueller Unannehmlichkeiten, die wir ihnen mit unserer Gegenwart bescheren könnten.

„Hmmm, neue Frisur?“, frage ich gleich. Wie ich steht ja Christina auf solche Komplimente und wir überbieten uns förmlich darin.

„Nein“, sagt sie, ist aber geschmeichelt.

„Schaut so neu aus, und die tollen roten Lippen!“, rufe ich.

Und nun: Nur ja nicht zu der Traudi womöglich freundlicher sein als zu Christina, damit letztere sich nicht kränkt und sich nach Tagen, Wochen, Monaten, denn sie hat diesbezüglich ein Elefantengedächtnis beschwert. „Du redest immer nur mit der Traudi, und ich bin für dich niemand". Würde ich aber Traudi nicht beachten, würde Christina kein einziges Wort mehr mit mir reden, denn das hieße für sie, ich würde ihre Freundin nicht schätzen und toll finden.

Finde ich Traudi aber nun toll, ist es auch nicht recht. Toll ist nicht das wirkliche Wort, es ist eher so, dass ich sie jetzt wirklich mag, im Gegensatz zu früher. Warmherzig ist sie ebenfalls, was man von Christina nicht sagen kann.

Christina wischt schnoddrig und frech über Erzählungen drüber, Traudi nimmt sich zum Zuhören Zeit. Christina hört selten hin, wenn jemand anders etwas über sich erzählt, manchmal versteht sie gar nichts, weil sie in bestimmten Fällen absichtlich schwerhörig ist, reagiert auf Direktangriffe schon überhaupt nicht, und ätzt meistens ohne Anlass. So wie heute Nachmittag, als sie mich anrief, ich solle mir dieses Kleinstadtfestival hier anschauen, und mit den Worten schloss: „Also komm schon mit deiner Raffaela nach Bad Fischau, die fährt ohnehin mit Überschallgeschwindigkeit, da seid ihr in zehn Minuten da. Und bringt Raffaelas Kinder mit, denen gefällt die Theatergruppe sicher."

„Die Kinder haben wir ja dieses Wochenende einmal nicht", versuche ich einzuwenden.

„Was? Jetzt habt ihr sie einmal nicht? Jetzt würde man sie brauchen, die Kinder, da sind sie wieder nicht da."

So schrammt sie mit kleinen Bösartigkeiten haarscharf an größeren Beleidigungen vorbei. Als ich unser Kommen bestätigte, meinte sie: „Ich hab´s befürchtet", anstatt zuzugeben, dass sie sich darüber freut.

Auf Raffaela ist sie schon überhaupt nicht gut zu sprechen, erstens weil diese jetzt meine Liebespartnerin ist und als solche besonders streng unter die Lupe genommen wird, zweitens, weil Raffaela sich zu Beginn unserer Liebesbeziehung einige Schnitzer geleistet hat, die ihr Christina stellvertretend für mich niemals verzeiht. Sie wartet geradezu auf den nächsten Fauxpas.

Jetzt, bei der Begrüßung ist sie aber noch nett zu uns beiden. Und ich habe sowieso die Tendenz, ihr und Traudi jeden Wunsch von den Augen abzulesen, da gehe ich mir selbst schon auf die Nerven, diesmal habe ich ihnen aus Wien warme Jacken mitgebracht, weil es im Lauf des Abends frisch werden wird hier im Bad, und sie sich darum garantiert nicht genügend gekümmert haben.

„Wollt ihr nun die Jacken oder nicht", frage ich beflissen.

„Ja bitte", rufen sie im Chor. Also gehe ich mit Raffaela gleich wieder zum Auto zurück, um Jacken und noch eine Decke zu holen. Mit ihrem Gel im Haar sind Traudi und Christina fesch-sportlich hergerichtet, würde ich sagen. Raffaela hingegen eher fetzig-sportlich, im veralteten Sinn der 70er Jahre in den USA, buntes Halstuch mit fliegendem Knoten, oberhalb des Knies abgeschnittene, von ihren Kindern bekritzelte Jeans, Jeansjacke, dazu ihr draufgängerischer, muskulöser Gang, mit wiegenden Schritten, die breiten Schultern weit zurückgeworfen, ihr angestrengter, unfreundlicher Blick, der sofort zu strahlen beginnt, wenn die Richtige in ihr Blickfeld kommt, zum Beispiel ich, oder wenn sie mit einem Gesprächsthema persönlich gemeint ist.

Am liebsten hat sie es aber, auf diverse Kalamitäten hinzuweisen, die sie täglich erlebt. Ich höre ihr zu. Zu Christina sage ich, als wir wieder bei ihnen angelangt sind: „Weißt du, was der Raffaela diese Woche wieder passiert ist?"

Christina weiß es natürlich nicht, zeigt nur mäßiges Interesse und schaut etwas ungehalten drein. Das heißt so viel wie, wehe, wenn das Berichtete nun nicht interessant wird. Raffaela beginnt mit ihren Erlebnissen: ein Autounfall mit einem illegalen Bauunternehmer, der noch vor der Versicherungsmeldung von der Bildfläche verschwand. Danach hat sie ihre Armbanduhr verloren, eine Erinnerung an ihre Pubertät. Bei einer Vernissage hat sie die Brille liegen lassen, ihr nicht versichertes Fahrrad wurde vor einem Amtshaus gestohlen, das dritte innerhalb eines Jahres. Die neu gemietete Wohnung wurde vom einzigen Hagelunwetter des Jahres überschwemmt, ihr Stadtteil war der meist Betroffene in Wien, sie musste das Wasser selbst ausschöpfen, weil die Feuerwehr zu anderen Großeinsätzen unterwegs war, am Abend der Naturkatastrophe dann noch ein weiterer Autounfall, in meinem Beisein übrigens. „Schuld war aber die andere, eine Tussi in einem vollkaskoversicherten BMW", schließt sie.

„Dass ihr zwei auch immer eine Schuldige findet", knurrt Christina nicht sehr einfühlend.

„Außerdem hat die Versicherung meine Akte verschmissen und mein kleiner Sohn hatte einen Darmvirus, aber das war noch das geringste Übel", erzählt Raffaela als immer noch lächelndes Opfer dieser Umstände. Und ich bin in einem solchen Moment total stolz, denn ich habe es geschafft, alle vier in ein Gespräch einzubeziehen, das vom Inhalt her spannungsgeladen, von der Atmosphäre her ganz entspannt ist. Raffaela freut sich, weil man ihr zuhört, ich freu mich, weil Christina zuhören muss. Traudi ist schweigsam, aber wohlwollend aufmerksam, und ich lehne mich zurück und fühle einmal keinen Zwang, noch mehr für Harmonie zu sorgen.

Danach zeige ich Raffaela das schöne Gelände des alten Bades. Auf der Wiese mit den Obstbäumen (leider schon verblüht) sind wir allein und küssen uns wieder.

„Was denkst du?“, fragt sie mich wieder einmal, wohl zum 123000 Mal seit wir uns kennen, und ich gebe ihr getreulich Antwort.

„Ich denk an deine wunderbaren, strahlenden, schönen Augen, mein Schatz“, oder so ähnlich sage ich. Erstens denke ich wirklich daran. Ihre Augen kommen mir heute besonders blau vor. Wo sie mir doch in den letzten Monaten, seit ich in sie verliebt bin, genau genommen seit dem ersten November letzten Jahres, immer besonders strahlend und blau vorgekommen sind, heute aber umso mehr, weil ich mich mit ihr nach kleineren Missverständnissen ausgesöhnt habe, und sie für mich daher umso liebens- und begehrenswerter ist. Zweitens aber will ich, dass Raffaela sich in Sicherheit wiegt, denn Christina, meine Ex-Freundin von vor vielen Jahren, wirkt wie eine moralische Instanz, wie die böse Schwiegermutter, die zwar durchaus zur guten Schwiegermutter mutieren, aber auch schnell wieder in die andere Richtung umschlagen kann, je nach Laune. Eifersüchtig bin ja nicht nur ich generell, sondern eigentlich sind es wir alle vier.

Und nun, nur nicht zu lange wegbleiben von Christina und Traudi, sonst heißt es gleich wieder „na, wo wart ihr so lange, habt ihr es hinter den Badekabinen getrieben?“

Als ob man es dort treiben könnte, haha.

Zu viert sitzen wir also wie aufgefädelt auf der Bank. Das Programm ist ganz reizend, aber sehr lang, viel zu lang für einen Abend im Freien, wo es immer kälter, und bedingt durch das ständig zu- und abströmende Quell- und Thermalwasser auch immer frischer wird.

Endlich, bei vollkommener Dunkelheit beginnt die Lasershow. Ein Feuerwerk wäre mir lieber gewesen, deswegen bin ich eigentlich hergekommen, aber nein, Christina hätte angeblich nie von einem Feuerwerk sondern immer von einer Lasershow gesprochen. Raffaela, die für ihre Begriffe viel zu lange ruhig sitzen muss, moniert schon längst, wir sollen jetzt gehen, was ich verweigere. Traudi schläft an Christinas Schulter. Christina schaut unbeweglich nach vorn und ich habe Kopfweh, und sollte zu Hause in einem ruhigen abgedunkelten Raum liegen. Vorhin, als ich sagte, ich habe Migräne, hat Raffaela mich liebevoll in den Arm genommen. Sie war mitfühlend wie eine Mami, war weich, und einfühlsam hielt sie mich ganz zart am Kopf, „mein Liebling, wir können auch sofort gehen, wenn du Schmerzen hast, das ist gar kein Problem für mich."

„Aber wir sind doch gerade erst gekommen."

„Na und? Mir macht das gar nichts."

„Na jetzt warten wir noch ein bisschen", sagte ich.

Ich erzähle das nur, weil es für die weiteren Ereignisse wichtig ist. Immerhin haben Raffaela und ich es bis jetzt nur selten geschafft, bei einer Veranstaltung bis zum Ende zu bleiben, weil die Fleischeslust uns meist so sehr in Anspruch nahm, dass wir schnell in die Privatheit aufbrechen mussten.

Die Lasershow wird angekündigt, ihr Urheber spricht persönlich, und ist schon so blau, dass er nur mehr lallt, das klingt insbesondere komisch, weil er sein Projekt großmäulig als Projekt des Friedens ausweisen will. Raffaela lacht bei jedem Wort von ihm laut und heftig auf. Wahrscheinlich ist ihr das Bier zu Kopf gestiegen, wie dem Redner der Wein.

Christina sitzt erstarrt, vielleicht ist ihr Raffaelas Lache peinlich, Traudi schläft und meine Migräne pocht und klopft gegen Stirn und Hinterkopf.

Als die Rede endlich zu Ende ist, werden alle Lichter ausgemacht und zu den ersten Tönen von Pink Floyd „Wish you were here", werden die Badekabinen abwechselnd in gelbes, dann wieder in blutrotes Licht getaucht, eine Zeitlang leuchten auch nur die Oberlichter ihrer Türen goldgelb in symmetrischen, schwarzen Reihen, verschnörkelte Öffnungen mit Holzgitterrauten, die exotisch an die gewölbten Fenster eines Harems erinnern.

Auf einmal zischt Wasser zu einer meterhohen Fontäne auf, direkt neben unserer Bank. Die Leute um uns herum laufen mit einem Aufschrei davon.

Dann springen Christina und Traudi auf, denn die Gischt sprüht zielsicher in unsere Richtung. Raffaela und ich bleiben sitzen. Keine von uns wird nachher sagen können, warum wir nicht auch weggelaufen und uns zu einem trockeneren Ort begeben haben. Solange wir umschlungen auf der Bank sitzen und vom Wasser wie von einem feinen Schleier eingenebelt werden, machen uns die Gischt und die hauchdünnen Wasserperlen nichts aus.

Ich trage meinen dicken, kurzen Marine-Wollmantel und habe einen Anorak um die Beine gewickelt, so dass das Wasser zuerst diese Kleidungsstücke tränkt, der Mantel stößt die Tropfen eher ab. Raffaela sitzt hinter mir und ist nicht direkt von den Fontänen betroffen, weil die zuerst einmal ich abkriege, nur ihre Jeansjacke wird immer feuchter. Sie hat keinen anderen Schutz. Wir merken davon fast nichts. In die Wasserfontänen hinein tanzen Laserstrahlen in allen Farben, formen hüpfende Kreise, Vierecke, Ovale, Schlangen und Zacken zu herrlichster Musik und das Schönste ist, dass die vielen winzigen Wasserperlen die Strahlen stellenweise wie Diamantenstaub aufblitzen lassen. Ein Gefunkel sondergleichen. Ich bin starr vor Freude und Entzücken. Ich drücke mich fest an Raffaela, die mich dankbar hält, und so sitzen wir neben der hohen, manchmal wie ein Vorhang breit werdenden Wasserwand, die ihre feine Gischt zu uns jagt. Erst als ein heftigerer Windstoß uns eine ganze Kübelladung davon über die Köpfe klatscht, springen wir auf. Da ist das Spektakel auch schon vorbei.

Das heißt genau genommen, diese erste Vorführung für den Frieden ist zu Ende. Die Lautsprecherstimme kündigt an, dass es mit Lasershow und Musik noch eine Weile weitergehen würde. Also wer bleiben und tanzen möchte, könne dies tun. Die Leute sind im Aufbruch, obwohl gerade jetzt tolle Tanzmusik einsetzt. Raffaela und ich sind durchnässt und erfroren. Ich fange in meinem Wollmantel gleich zu tanzen an, denke, damit werden wir die klamme Kälte los und außerdem ist es lustig. Die Laserlichter spritzen und springen in buntem Rot, Blau und Grün in der von Wassertropfen gesprenkelten Luft, und ich springe mit wehenden Schößen auf dem Asphalt hin und her, spüre das Kopfweh auf einmal nicht mehr und strahle Raffaela an. „Komm, tanz auch, da wird dir warm."

Die aber steht versteinert da und sagt: „Nein, du weißt doch, tanzen liegt mir nicht, wärmt mich auch nicht auf."

Da fällt mir buchstäblich alles runter. Was für ein Frust. Unsere Harmonie des Küssens und ineinander Verliebtseins ist für mich mit einem Schlag vorbei. Nun geht es wohl darum, die letzten Minuten hinauszuschieben, der Raum um mich herum wird auf einmal hohl und verlassen. Christina und Traudi sind nirgends zu sehen, wenigstens habe ich den Vorwand, auf sie warten zu müssen, weil sie ihre Tasche hier zurückgelassen haben. Raffaela steht steif, unfreundlich und frierend herum und lässt mich spüren, dass es ihr unangenehm ist, noch länger hier zu bleiben.

Für mich aber würde das Glück erst anfangen, das ganze Bad zuckt vor Laserlicht und Musik, ich tanze und blinzle immer in die bunten Rhomben und Schleifen, die in erneut aufspritzenden Wasserfontänen wunderbar glitzern. Da kommen auf einmal Christina und Traudi und erzählen, dass sie vorne bei der Bühne gewesen und einen besonders guten Blick auf das Spektakel gehabt haben. Ob wir wohl sehr nass geworden sind.

„Ja, ziemlich", sage ich. Alle außer mir wollen jetzt aufbrechen, stelle ich verärgert fest. Ich weiß nicht, wie ich das verzögern kann. Jetzt, nach vier Stunden Vorführungen setzt meine mir wohl bekannte Unersättlichkeit ein. Da habe ich alles genossen, die Show, das Theater vorher, Raffaelas innige Umarmung, ihre verliebten Blicke und leidenschaftlichen Küsse und es war mir immer noch nicht genug. Ich will weiter bis zur Neige gehen. Wie so oft in meinem Leben glaube ich, gerade jetzt etwas zu versäumen. Und ich beneide Traudi und Christina, die weiter vorne mehr von dem Schauspiel gehabt haben, weil sie nicht von den Wassermassen abgelenkt worden sind.

Ich denke traurig „na gut, dann gehen wir halt noch langsam am Becken vorbei hinaus, da sehe ich wenigstens noch ein paar Lichter." Aber die drei wenden sich zum Seitenausgang, der unvermittelt weg ins lichterlose, banale, alltägliche Nichts führt. Ich bin traurig. Auf einmal gehen sie mir alle, Christina, Raffaela und Traudi auf die Nerven.

Christina, die mich am längsten von allen kennt und einen Rest von Revoluzzertum in sich gehortet hat, den sie längst nicht mehr auslebt, sagt mit einer Mischung aus Bedauern und Mitgefühl: „Ach, die Karin, die würde gerne noch hier bleiben."

„Ja", seufze ich und gehe wortlos von ihnen weg zum Becken, schaue sehnsüchtig auf die schwebende Lichterlandschaft über dem Wasser. Vielleicht zehn Sekunden lang, nicht mehr versuche ich mir alles einzuverleiben, was ich gleich darauf vermissen werde. Dann gehe ich tieftraurig zu den anderen, um mit ihnen den Ort des Zaubermärchenspiels zu verlassen.

In diesem Augenblick tritt Raffaela plötzlich mit einem energischen Schritt auf mich zu, wirft mir die Decke und meinen Anorak vor die Füße, dreht sich um und läuft davon. Ich halte perplex inne, laufe ihr dann nach und kann sie gerade noch an den Trägern des Rucksackes packen.

„Was ist los mit dir?"

„Nichts. Du bleibst noch und ich gehe."

„Nein, du gehst nicht."

„Doch, bleib noch, du willst ja tanzen."

„Nein, es ist o.k., ich will nicht mehr tanzen."

„Bleib! In einer Stunde komme ich zurück."

Das klingt vernünftig für meine egoistische, kleine Auf-nichts-verzichten-wollen-Mentalität, ich bin versucht, ihren Vorschlag für bare Münze zu nehmen.

„O.k.", sage ich, aber eine Stunde ist zu lang, zwanzig Minuten, das reicht mir schon."

Sie aber reißt sich auf einmal los und ruft:

„Ich fahr jetzt nach Wien, und du kriegst mich sowieso nicht, wenn ich jetzt weglaufe."

Und schon ist sie auf und davon. Ich stehe verdutzt da und schaue ihr nach. Traudi und Christina kommen nach und wundern sich, was da nun geschehen ist, ich hebe die Decke auf, die Raffaela mir eben vor die Füße geworfen hat, wie damals Vercingetorix Cesar seine Waffen bei der Kapitulation. Hingeknallt, zumindest in der Version der Comicserie, Asterix, der Gallier. Die Geste war urkomisch, traurig und verwirrend zugleich.

„Wie seid ihr denn verblieben?", fragt jetzt Christina, in dem Bemühen nach Ordnung.

„Verblieben? Sie will allein nach Wien jetzt."

„Wie will sie denn das anstellen?"

„Keine Ahnung, laufend vermutlich."

„Na", sagt Christina spöttisch, „dann ist sie ja vermutlich eh schneller in Wien als du mit dem Auto, sportlich wie sie ist."

„Komm, wir nehmen dich wenigstens zu deinem Wagen mit", sagt Traudi.

Ich bin so belämmert, dass ich nicht klar denken kann. Raffaela ist einfach die Straße hinuntergelaufen, nach links, also zum Ortsende. Und das Schlimmste ist, dass ich jetzt weg muss von der Lichtershow, wegen einer saublöden Kurzschlusshandlung von ihr, und mich nicht einmal gebührlich von diesem Ort meiner Sehnsüchte verabschieden kann. Drinnen zucken und tanzen die bunten Strahlen weiterhin über das Wasser und die Bäume, und das hier, diese Sucherei ist vergeudete Zeit.

Andererseits habe ich Angst, sie nicht mehr zu finden. Wie will sie bitte jetzt um diese Zeit nach Wien kommen, es gibt ja kein öffentliches Verkehrsmittel nach Mitternacht.

Ich lasse mich zu Christinas Wagen führen und sitze dann stumm auf dem Beifahrersitz, Traudi hat sich stillschweigend nach hinten begeben, ebenfalls etwas verdattert von der ganzen Aktion. Ich bitte Christina, doch erst einmal nach links zu fahren, vielleicht finden wir Raffaela ja dort, sie ist in diese Richtung eingebogen.

„Aber weit fahre ich da nicht, da können wir ja sonst die ganze Nacht suchen."

„Bitte, wenigstens ein Stück", sage ich jetzt zu Tode besorgt, weil hier der Ortsrand in finsterster Nacht beginnt.

„Mein Gott", meint Christina, „haben wir das nicht schon einmal gehabt, jemanden in der Nacht mit dem Auto im ganzen Ort zu suchen?"

„Ja genau, auf Lanzarote, die verrückte Freundin von Romy, aber die war besoffen. Die Raffaela ist ja nüchtern."

„Das ist ja dann noch schlimmer."

Da wir sie nicht finden, drehen wir um und fahren wieder am Bad vorbei zu meinem Auto.

„Weiß sie wenigstens, wo ihr steht?"

„Ja, sie hat ja selbst eingeparkt."

Keine zwei Minuten später erblicken wir sie. Sie geht in die Richtung, wo mein Wagen steht. Christina hupt und bleibt abrupt stehen. Raffaela sieht uns und kommt auf uns zu. Ich springe aus dem Wagen.

„Ich hab meinen Wohnungsschlüssel bei dir im Auto, sonst wäre ich längst weg", ruft sie mir hastig und aufgebracht entgegen. „Da wartet ein Typ weiter vorne bei der Bank auf mich, der mich nach Wien mitnehmen kann."

Sie wirkt gehetzt und außer sich.

„Ich kann dich auch nach Wien mitnehmen", sage ich trocken und emotionslos. Traudi lacht auf.

Ich nehme die Decke und die Jacken aus Christinas Wagen und verabschiedete mich von Traudi, die nun aussteigt, um sich vorne hinzusetzen.

„Ist dein Auto noch weit weg?", fragt Christina.

„Nein, nein, dort vorne in der Gasse“, antworte ich, erschlagen von Raffaelas Aktion, und voller Verlustangst, weil Raffaela innerhalb von Minuten jemanden gefunden hat, der sie von mir wegbringt.

„Da verabschiede ich mich halt auch noch von euch“, sagt jetzt Christina, und kommt um den Wagen herum auf uns zu. Sie starrt Raffaela nun ebenfalls an.

„Und du hast wirklich gleich jemanden gefunden, der dich mitnimmt?“, fragt sie total erstaunt.

„Ja“, ruft Raffaela, die nur fliehen will, „ich brauche nur noch meinen Wohnungsschlüssel.“

„Na, gut“, lacht Christina etwas hilflos, „dann schaut ihr zwei einmal, dass wenigstens eine von euch beiden jetzt erwachsen reagiert. Auf Wiedersehen und schönen Abend noch.“

Sie küsst uns beide zum Abschied. Da sie genauso überfordert ist, wie ich, ist sie sowohl zu mir als auch zu Raffaela auf einmal so herzlich, wie ich sie schon lange nicht gesehen habe. Sie, die unnahbar Zynische, Harte, ist grundlos überschwänglich. Dann fährt sie weg und ich bin mit Raffaela allein.

Am nächsten Tag wird Christina mir erzählen, dass sie in der Nähe angehalten und sich auf die Lauer gelegt haben, um zu sehen, wie das mit uns beiden weitergeht, was wir tun, ob wir uns prügeln oder sonst etwas, aber nichts, wir wären einfach verschwunden gewesen.

„Bei der Bank war auch kein Typ, der auf Raffaela gewartet hat“, wird sie sagen. „Auf keiner der Bänke.“

„Ich glaube, Raffaela hat die Bank gemeint, deren Mehrzahl ‚Banken‘ lautet.“

„Ach so. Aha. Na, bei so einer Bank war auch niemand. Die

Traudi sagt, eine solche Aktion hätte sie mir nie durchgehen lassen. Nie im Leben hätte sie mich gesucht, sondern wäre ohne mich nach Wien gefahren."

Gut, so ist die Traudi, aber ich hätte das nie über das Herz gebracht.

Ich gehe wortlos zum Auto, Raffaela neben mir her.

Ich bin wütend auf diese Aktion von ihr, könnte sie durch Sonne und Mond schießen. Am liebsten wäre ich weiterhin im Park des Bades und zwar allein. Am liebsten hätte ich sie wirklich mit dem fremden Typen weggeschickt, wenn sie die Einzigartigkeit dieser Wasserspiele nicht erkennt, ein Schauspiel, das sich nicht so schnell wieder reproduzieren wird, mit dem Zucken, Springen und Schillern aufschäumender Glitzersplitterchen. Ich bin auch zornig, weil sie gleich eine andere Person gefunden hat, die sie mir womöglich wegnimmt.

Andererseits habe ich ein schlechtes Gewissen, Raffaela so sehr links liegen gelassen zu haben, dass sie sich nicht anders zu helfen wusste als abzuhauen.

Also schweige ich, während sie beteuert, sie sei ja sowieso gleich weg, sobald sie ihren Schlüssel hätte.

Ich will endlich meine Ruhe haben und zu der Show zurück, aber wegfahren soll sie auch nicht, ich würde den weiteren Abend dann ohnehin nicht mehr genießen können, er wäre ohnehin verschissen.

Ich sperre den Wagen auf, werfe die Decke und überflüssigen Jacken hinein, und sage zu ihr: „Gut, bitte, geh mit dem Typen mit, der auf dich wartet, nimm dir deinen Schlüssel und verschwinde, wenn du nicht mit mir sein willst."

Da fällt sie mir plötzlich um den Hals.

„Entschuldige bitte, ich mache das nie wieder, ich will doch gar nicht mit jemanden anderen mitfahren, nur mit dir

sein, bitte verzeih, aber du hast mich so gar nicht beachtet."
„Und da musst du gleich abhauen?"
„Weil du gar nicht mehr mit mir, nur mit diesen Lichtern sein wolltest. Du hast mich wegen der Lichter ganz vergessen."
„Ich wollte sie doch am liebsten mit dir genießen."
„Warum hast du das dann nicht gesagt?"
„Ich hab mich nicht getraut, weil dir doch so kalt gewesen ist."
„Immer muss ich alles machen, was du willst, und wenn du Migräne hast, sofort gehen."
„Wann hast du je gehen müssen, wegen meiner Migräne?"
„Noch nie, das stimmt. Aber ich wäre mit dir gegangen und du lässt mich da eiskalt stehen."
„Entschuldige", sage ich jetzt auch und umarme sie, denn ich war ja wirklich, zumindest in Gedanken gefühllos gewesen, hätte sie gegen ein paar bunte Lichter eingetauscht.
„Ich hätte mir die Show doch nur bloß zwanzig Minuten länger anschauen wollen, mit dir gemeinsam, mehr nicht", füge ich hinzu.
„Dann gehen wir wieder hin", sagt sie spontan.
„Wirklich?", frage ich erfreut.
„Ja wirklich."
„Da ziehst du dir aber etwas Wärmeres an."
„Mir ist jetzt nicht mehr kalt."
„Das sagst du immer und dann frierst du doch."
Und ich reiche ihr die Bomber-Lederjacke aus Bologna. Sie zieht sie widerspruchslos über. Dann marschieren wir einhellig wieder zum Bad zurück. In mir immer noch der Aufruhr über das Vergangene, ich kann gar nicht glauben, dass der Weg zum Lasergefunkel jetzt geebnet ist, dass wir tatsächlich zurückkehren und Raffaela neben mir her geht.

„Warum passiert so etwas immer nur uns?“, fragt sie jetzt. Offenbar hat sie immer noch ein schlechtes Gewissen, weil sie einfach abgehauen ist und traut meiner versöhnlichen Haltung nicht.

„Weil wir beide immer alles wollen, und das soll noch dazu perfekt sein. Du willst meine absolute Aufmerksamkeit, und ich will alles absolut bis zur Neige genießen.“

„Das stimmt, es war so schrecklich, als du mich nicht mehr beachtet hast.“

„Und für mich war es schrecklich, gleich von der Show weggehen zu müssen.“

„Außerdem glaub ich, war das der Moment, in dem bei mir das Bier zu wirken begonnen hat und ich vertrag ja Alkohol überhaupt nicht.“

„Warum du dann doch immer noch trinkst.“

„Ich weiß auch nicht, ich sollte das mit dem Trinken wirklich lassen. Plötzlich hat sich meine Wahrnehmung total eingeengt, und es gab für mich nur den Ausweg wegzulaufen, wenn du mich nicht mehr haben willst.“

Wir kommen zum Eingang des Bades, es ist aber schon fast menschenleer. Die gut gemeinte Party hat sich schnell aufgelöst, vielleicht hatten die anderen ähnliche Probleme wie wir. Dabei tanzen die Kreise und Spiralen immer noch so, wie ich sie von vorhin in Erinnerung habe, Wassergarben zischen hoch, und der Laser zuckt über Bäume und Gebäude, dann in irrlichternden Brillanten durch die Tropfen hindurch. Raffaela packt mich auf einmal und ruft aus: „Ich will nie wieder ohne dich leben.“

Ihr Überschwang ist unverhältnismäßig, sie ist so aufgedreht und aufgekratzt, dass ich ihr ihre Gefühle gerade jetzt nicht abnehmen mag, ich glaube auf der Stelle, dass diese auch alkoholbedingt sind. Andererseits ist dieses Melodram charakteristisch für sie, wenn sie mir ihre Liebe wieder beteuern und beweisen muss, nach ihren abenteuerlichen Ausrutschern, fühlt sie sich wohl am lebendigsten. Ohne Unterlass wiederholt sie, dass sie nie mehr wieder ohne mich leben will, und ich murmle „fein". Sie fühlt sich irreal an, ihr Haar noch schwereloser und luftiger, wie es da von dem Stehkragen des Leders gestützt wird, unwirklicher denn je dieses Blond, ihre Gestalt substanzlos, als wäre sie durchsichtig wie nicht von dieser Welt, obwohl sie mich fest hält, ungestüm küsst und küsst und küsst.

Ich weiß nicht wie ich auf diesen Liebesschub reagieren soll. Am liebsten hätte ich bloß am Geländer gestanden und mich im Schauen treiben lassen, in mich gekehrt, immobil. Aber das geht mit ihr jetzt, wo wir einander wiedergefunden haben nicht. Es gelingt mir gerade noch, mein Gesicht in Richtung Wasserbecken zu halten, um über ihren Kopf hinweg hinschauen zu können, während sie mich küsst und drückt.

Ich glaube, mit ihr hinwegzuwirbeln, so wie sie mich im Gehen immer wieder nimmt, ich springe nun hoch, setze mich mit gespreizten Beinen auf ihre Hüften und wir reiben die Wangen aneinander, herzen uns weiter. Sie ist mit meiner Jacke noch betörend erotischer als vorher.

Ihr Drängen wird uferlos, bodenlos, dabei will ich nur hier sein, nur gierig in einem Farben- und Wasserrausch verschmelzen, in der Auflösung des Festes, mit den harten Rockrhythmen, die auf uns niederdonnern. Sie will mich hinter die Bäume ziehen. Ich will weiter zuschauen und laufe mit ihr zu den Terrassen der Badekabinen, von denen aus der Blick gigantisch sein muss. Beide haben wir völlig andere

Interessen. Meine sind es, so lang wie möglich da sein, und den Lichtspielen zuzuschauen, ihre sind es, mich jetzt auf der Stelle zu nehmen, zu ficken und sich in mir, in meiner Geilheit zu verlieren, an meinen Brüsten, zwischen meinen Beinen.

Sie ist nicht zu bremsen. Auf den Terrassen sehen wir zwar gut, werden aber auch von allen, vor allem einer Gruppe junger Männer, vermutlich Lichttechnikern gesehen, stehen im vollen Scheinwerferlicht. Es gibt kein Versteck, von dem aus wir sehen, aber nicht gesehen werden.

Außerdem muss es schnell gehen, denn lange kann ich sie wohl nicht bei Laune halten. Nur die Nische des eiskalten Wasserfalls der Kneippquelle wäre im Dunklen und hätte Blick auf das Becken, aber das ist zu unwirtlich. Die Kabinen sind doppelreihig angelegt, auf den Terrassen, zwischen den beiden Reihen der unbeleuchtete Gang wie ein schwarzer Flur ins Nichts. Dorthin drängt sie mich.

„Nein", wehre ich sie ab, „das ist zu dunkel", meine aber „hier sehe ich schon gar nichts mehr."

„Umso besser", keucht sie, „da sind wir ungestört."

Ich lasse sie gewähren, obwohl mir nach etwas ganz anderem ist. Ich gebe es in diesem Augenblick auf, von der Show noch irgendetwas mitzubekommen, dann ist diese halt gelaufen für mich: Immerhin habe ich sie, Raffaela dafür.

Wir dringen tiefer, tiefer in diesen Gang ein, sie drückt mich an die nächstbeste Kabinentür. Sie küsst mich mit nassen, hastig tastenden, zarten, aufgegeilten Lippen, die schnell wieder meinen Mund bis zum Kinn umfassen, dann weiter, zu meinem Hals, zur Kehle, zu meinen Brüsten. Ich bin wie angenagelt an diese Tür, hingeklatscht, hoffnungslos weit weg von meiner Lasershow, dafür aber begehrt und mit Küssen und Streichelungen bedrängt, von wollüstigen Armen umfasst, von schnell tastenden Fingern entblößt, die Lichter sind in diesem dunklen, von Badekabinen links und rechts gesäumten Flur nur mehr in den Bäumen über meinem Kopf, nur mehr als Abglanz zu sehen, als Echo, als Widerschein, außerhalb der Höhle, in der ich mich befinde, und aus der ich nicht heraus kann.

Meine Bedürfnisse kommen zum dritten Mal zu kurz. Nach Raffaelas überstürztem Aufbruch, der langen Zeit des sie Suchens, Findens, mich mit ihr Versöhnens waren mir nur kurze Minuten im Universum der schönen Reflexe geschenkt. Dann wurde ich gleich wieder in die Welt des sexuellen Aktes katapultiert, wo ich zwar fühle, aber nichts sehe. Sex, ein Akt, der überall möglich wäre, wiederholbarer wohl als diese Show, und dennoch gebe ich mich ihm hin, will ich ihn nicht vorübergehen lassen, weil er doch unsere Verbundenheit zeigt, oder etwa nicht? Weil darin die einzige Harmonie zwischen uns möglich ist, und die Sicherheit, dass jede die andere voll und ganz annimmt.

Ja, man kann sagen, nicht einmal mehr die Lichter lenken mich nun von ihr ab. Ich bin ihr ganz und gar ausgeliefert, lehne da, und sie ist längst in mich eingedrungen. Noch spüre ich keine Erregung, höchstens die Aufregung des Verbotenen. Jeden Augenblick könnten auch in diese dunkelste Schlucht des Bades, die nur einige Meter vom Becken getrennt ist, Leute kommen. Die jugendlichen Männer auf der Terrasse oberhalb unserer Köpfe könnten hinunterschauen und uns erblicken in der scheinwerferschattigen Schwärze, könnten mein Schreien hören, trotz der Gigawatt der Lautsprecheranlage, aus der jetzt Hardrock hämmert und mich aufpeitscht.

Ich presse meine Vagina gegen ihre Finger und spritze ab,

so dass sie vor Begeisterung aufstöhnt, ich ejakuliere in ihre Hand, was sie zu weiteren heftigeren Schüben und Stößen veranlasst und mich dazu, das Becken durchzudrücken, aber keine Auflösung im Orgasmus lässt sich auch nur im Entferntesten erahnen, obwohl ich schier auszurinnen scheine, in fortwährender Stimulierung des Süßesten meiner Körperteile, obwohl ihre Küsse kein Ende finden.

Ich glaube anfänglich, dass dieser Akt der Umschlingung mir genügen könnte, dass ich einmal in meinem Leben zufrieden damit sein könnte, ohne Orgasmus aus einem fleischlichen Kontakt auszusteigen. Aber nein, kaum hat sie von mir abgelassen, will ich erst recht kommen, schon deshalb, weil mir von den begehrten Lichtern da vorne am Wasser bloß die Aussicht auf bunt sich beugende Blätter über meinem Kopf geblieben ist, ja, und die Musik, die ich im Radio auch hören könnte. Schon deshalb, weil ihre Hand mich doch stark erregt hat, ihre Lippen, als sie vor mir am Boden kniete und in mich hineinleckte, in ihrer wilden, niemals rücksichtslosen Leidenschaft.

Ich sinke langsam nieder.

„Was tust du da, der Boden ist viel zu kalt“, ruft sie entsetzt aus.

„Macht nichts, ich hab doch den Mantel an.“

Sie schaut mir perplex dabei zu, wie ich mich hinlege, die Hose über die Schenkel hinunterziehe. Ich will nun keine Widerrede, nehme ihre Finger und tauche sie in mich hinein. Sie passt sich schnell an, sie schiebt und stößt mich zum Höhepunkt. Leicht ist es nicht, auf Grund der vorangegangenen Enttäuschungen, Hoffnungen und Verzichte, des schlechten Gewissens, der Ängste und Zugeständnisse, die ich machen musste. All diese Gefühle, die sich innerhalb einer Stunde in mir aufgestaut haben und wieder unterdrückt worden sind, ausgelöst wegen meiner Unersättlichkeit dieser dummen, vergänglichen Scheinwelt gegenüber, dieser Schillertropfen und zuckenden Blitze wegen.

Ich arbeite nun selbst an meiner Klitoris, während sie mich fickt und ich spüre nicht nur die erregende Klebrigkeit ihrer Lederjacke auf meiner nackten Haut, sondern auch noch den kalten Boden. Der dicke Wollstoff der Mantelärmel ist hinderlich, gipst meine Arme ein, macht mich fast bewegungsunfähig. Bloß die Musik und Raffaelas Wille, mich kommen zu sehen, mich in denk- und willenszerstörter Auflösung in ihren Armen zu fühlen, sind stärker als mein ewig nörgelnder, alles analysierender Intellekt. Ich werde, ohne es zu wollen durchlässig für ihre Geilheit und ihr total verrücktes Draufgängerinnentum, für die Bässe aus den Lautsprechern, das Stampfen und Dröhnen, das mein Zwerchfell durchackert, und ich hebe nun endlich ab.

Als es mir kommt, schreie ich mir die Seele aus dem Leib. Ich wage nicht, mir vorzustellen, welchen Anblick ich der Liebhaberin biete, meine Schenkel mit heruntergezogener weißer Hose, die sich bei den Schuhen schoppt, darüber der Wollmantel als Rest der Etikette, in dessen Futter meine Säfte langsam sickern, aber die Lächerlichkeit einer solchen Entblößung findet Raffaela in diesem Moment ja großartig. Sie findet es toll, dass ich mich auf dem feuchten Steinboden hingelegt habe und zu orgasmieren beginne. Es ist ihr egal, wie dies aussieht, es ist für sie ein Rausch, der durch nichts zu erklären ist, er hängt mit Verliebtsein zusammen.

Für mich war es der letzte Ausweg nach dem nicht erfüllten Wunsch, einfach nur da zu sein, als unbehelligte Zuschauerin eines regenbogenfarbigen Lichtermeeres. Stattdessen schwer errittener Orgasmus, als Trotz sozusagen.

Als wir aus unserem Versteck kommen, ist von der Show nur ein greller, weißer Scheinwerfer übrig geblieben, der die nicht ausgeleuchteten Räume des Bades in dicke Undurchdringlichkeit taucht. Das zarte, romantische Huschen und Zucken der Strahlen von vorhin ist verschwunden, das Fest an seinem Ende, höchstens fünf sechs Leute sind noch zu sehen. Am Mischpult spulen sie die heiße Musik bloß noch füreinander in unverminderter Lautstärke ab. Zwei Taucher bauen die Fontänenvorrichtung im Wasser wieder aus.

Und weil dieses Ende über meinen Kopf hinweg geschehen ist, packe ich Raffaela, die dafür Verantwortliche, jetzt erst recht und dränge sie zu den Pritschen in einem verborgenen Eck, „nein, Liebste, lass mich, was ist das?", prustet und lacht sie verlegen. Aber ich lasse sie natürlich nicht. Wir stürzen auf das Holz der Pritsche, das wohl vor uns schon Tausende sonnenbadende Bad Fischauer BürgerInnen erlebt hat. Ich lege mich auf sie und zwinge sie damit förmlich, sich mir nun auch hinzugeben. Überrumpelt und am allerwenigsten damit rechnend, dass ich mich gegen Schluss des Abends an ihr vergreife, ist sie in ihrer sanften Ungläubigkeit wunderschön, schöner als je eine Frau war, die ich in meinen Armen hielt.

Ich kralle mich in ihren Nacken, presse sie mit meinem Schambein nieder und spüre den lüsternen Gegendruck ihrer Schenkel, während Technofunk die Bäume vibrieren lässt. Ich setze meine Zähne an ihr sehniges Schulterfleisch und bei meinem ersten Biss kommt sie. Kurz und prägnant.

Der Berger und ich

Ich glaube, ich muss nun doch auch einmal über den Berger schreiben, obwohl ich mich langsam frage, ob es Sinn macht, Sex aufzudröseln in einzelne, mal erquickliche, dann wieder unerfreuliche Handlungen, und mich über die weniger gelungenen in langen Tiraden und Vergleichen schriftlich zu beschweren. Gesamt gesehen, war es vorgestern mit ihm gar nicht so schlecht, denn ich bin zweimal gekommen, davon einmal ohne meine Mithilfe. Heute habe ich aber Kopfweh und es ist anstrengend, sich auch nur daran zu erinnern. Am liebsten möchte ich so etwas gleich wieder vergessen.

Ich wollt ja eigentlich gar keinen Sex. Ich wollte mir meine „Vier-Wochen-ohne-Sex-Geilheit" für eine neue Bekanntschaft aufheben, einen Mann, den ich wegen seiner Locken heimlich „Cherub" nenne, aber wer weiß, ob ich den in den nächsten Tagen noch sympathisch finde, und ob es je dazu kommt. Der Berger wäre jetzt zur Hand, eifrig und willig, ruft seit Wochen dauernd an. Warum soll ich dieses Angebot von mir weisen, das einzig Konkrete in der letzten Zeit, nun da die Beziehung zu Jo-Ann in den letzten Zügen liegt.

Ich komme gestresst nach Hause. In der U-Bahn auch noch dazu die Redakteurin der Zeitschrift „gender and politics" getroffen, die sich sicher fragt, was ich so kurz vor Redaktionsschluss um halb fünf Uhr nachmittags in der U-Bahn Richtung Stadtrand zu suchen habe, da ich doch Tag und Nacht an meiner Story arbeiten sollte, und für die Recherchen auch noch ein Sonderhonorar herausgeschunden habe. Als ich sie erblickte, hatte ich nur die Wahl, auszusteigen und einen Termin vorzutäuschen oder beinhart nach Hause zu fahren, in derselben Richtung wie sie. Ich entschied mich für das Letztere, stand zu meiner sommerlichen Faulheit und wir bemühten uns um ein Gespräch, als ob nichts wäre.

Zu Hause bleibt mir kaum Zeit, mich zu duschen. Dann ist der Berger sowieso nicht pünktlich. Er ruft an, er stecke im Stau. Ich trödle im Bad herum und creme den Körper heute einmal mit der Bodylotion „Cool Water" von Davidoff ein, mit der ich sonst eher sparsam umgehe. Ein Geschenk von Christina zu unserem zehnten Jahrestag, den wir immer noch feiern, obwohl wir längst nicht mehr zusammen sind. Der Parfumduft lässt langsam nach, ein säuerlicher Nachgeruch ist wahrzunehmen. Zeit also, die Lotion aufzubrauchen. Oje, da kommen auch noch Erinnerungen an die Zehnjahresfeier mit Christina, die gerade jetzt rosig aufleuchten, als ob diese ein kurzer Moment innigen Glücks gewesen wäre, der aber leider weder in einem Kuss noch in Sex mündete. Gott, ich tu gar so, als würde ich das bedauern. Christina und ich waren ja schon damals, vor drei Jahren, längst nicht mehr zusammen, und was hätte Sex gebracht, wenn nicht noch mehr Leid, aber blindwütig will ich, oder wollte ich immer noch eine wie auch immer geartete Verschmelzung, und diese Jahrestagsfeier zählt auch heute noch zu den von mir als schmerzlich empfundenen „versäumten Gelegenheiten", zu den „Unwiederbringlichkeiten", dabei war bloß nettes Feiern in einem gediegenen Restaurant geplant gewesen. Gegen Ende war wieder die Auslaugung da, ein unheilvoller Sog aus ihrem Inneren, gegen den sie nichts kann, ein existentiell gefärbtes, nie ans Licht gekommenes Leid, das sie nicht wahrnimmt, das aber gerade mich aushöhlt, traurig, zutiefst traurig macht, und immer wieder bringt mir nur das

Schreiben darüber Genugtuung, als wäre Aufschreiben die einzige Lösung des Problems Christina. Aber genug davon jetzt!

In der Eile wusste ich auch nicht, was ich anziehen sollte. Doch nicht etwa Reizwäsche für den Berger, an einem stickigen Spätaugusttag? Dann fiel mir das Kleid aus Italien ein, das dunkelblaue. Sehr weicher, elastischer Stoff mit rautenförmigen Erhebungen, schmiegt sich gut an, ist leicht hochzuschieben, in der Stadt unmöglich zu tragen, weil zu kurz, zu sexy, zu auffallend. Auf einen Slip verzichtete ich, ich hatte gestern wieder einmal Basic Instinct gesehen, die unendlich schöne geistvolle Sharon Stone.

Und keine passenden Schuhe, ich trag ja nie Kleider. Mama (wer sonst) hatte mir einmal goldene, mit Pailletten bestickte Slipper bei Eduscho gekauft. Die ziehe ich jetzt an. Hausfrauensex.

So lege ich mich auf das Sofa, und warte, nicht sehr freudig, eher müde. Als es läutet, schrecke ich aus tiefer Gedankenabwesenheit. Und als er bei der Tür hereinkommt, ist mir alles egal. Allein die Tatsache, dass er schäbig angezogen ist, nervt. Ich empfinde so etwas immer als Beleidigung bei einem Mann, seit ich mit Hans-Friedrich zusammen war, der sich in edles, hauchdünnes Leder gekleidet hatte, wenn er Sex mit mir haben wollte. Ganz zu schweigen von seinem Stringtanga und den Netzstrümpfen. Gut, das war sein spezieller Kick, aber ein sexy Muscle-Shirt wäre das absolut Mindeste, denke ich. Auch Mike, die jährliche Ferienliebe, trägt Alta moda, sogar neuerdings ein Kettchen aus kokosmilchweißen Perlen um den gebräunten, muskulösen Hals. Aber der Berger! Was denkt der sich, mit seinem ausgelabberten Leiberl, in verwaschenem Blaugrau und ebensolche Jeans. Die Haare fett, lang schon nicht geschnitten.

Wenigstens riecht er nicht so scharf wie der Kurt, dessen Körper die Ausdünstungen des Alters und einer gewissen Modrigkeit umschwirren. Und wenn Kurt einmal nicht nach Achselschweiß stinkt, dann riechen die Kleider ungelüftet und faulig. Dazu der immer schlechte Mundgeruch, entweder kommt das vom Magen oder von einem schlechten Zahn. Vorsichtige Bemerkungen habe ich schon fallen lassen, genützt hat es nichts. Den Kurt müsste man für Wochen in ein Duftbad legen, den Bauch abspecken, den Bart rasieren, die Haare ganz kurz abschneiden, und ab ins Solarium. Dann gesundes Essen, Magen regulieren, und nicht mehr in seine Moderwohnung zurücklassen. Neue, frische, nach Stärke, von mir aus auch nach Chemie riechende Kleidung, und dann erst käme er in die engere Wahl. Schade, denn seine Stimme vibriert dunkel erotisch, er ist intelligent und witzig, eigentlich passend für Telefonsex, wenn er das könnte.

Der Berger aber hat keine Magenprobleme, er ist ja auch mit einer Ernährungstherapeutin zusammen, dafür ist sein Gang, wie er jetzt auf mich zukommt, und sein Gesicht dem Leben gegenüber so nörglerisch distanziert, dass man ihm einen Kinnhaken verpassen möchte, um ihn aufzuwecken. Wie er da einher watschelt, die Beine nach außen gedreht, den Bauch vor sich herschiebend, immer zu einem erstaunten, ja arroganten Grinsen mit hochgeschobenen Brauen bereit. Und blass ist er, trotz drei Wochen Sizilien.

Er könnte ja sofort sagen: „Toll schaust du aus, in diesem Kleid“, schon deshalb, weil er alles andere als toll aussieht, sondern alltäglich und verhatscht. Ich darf nicht einmal „verschlurft“ sagen, denn dieses Prädikat steht Kurt zu.

Der übertrifft an Abgefucktheit alle Männer, die ich bis jetzt kennen gelernt habe, der kann gar nicht mehr anders als abgefuckt sein. Das ist seine, über viele Jahrzehnte angetragene zweite Haut.

Nein, der Berger sagt nicht, dass ich toll aussehe, aber wir küssen uns gleich, als er zur Tür herein ist. Für mich ein Sprung ins kalte Wasser, denn ich hatte noch keine Zeit, mich so richtig an ihn zu gewöhnen. Nach vielen Jahren haben wir einander im Juni zufällig getroffen. Dieses ist das zweite Mal, dass wir uns zu sexuellen Handlungen wieder zusammenfinden. Seine Lippen sind weich und nass, unaufdringlich, wie die ganze Bergerische Person, nachgiebig und doch sexbesessen.

„Du fühlst dich gut an", sagt er knapp, spielerisch lüstern, in seiner harmlosen Bubenstimme, als er meinen Hintern berührt, und „du trägst ja kein Höschen".

„Habe ich vergessen", seufze ich. Es erregt mich nun doch, ihn trotz Kugelbauch an mir zu haben, mich langsam und unausweichlich an seinen Unterleib heranzuschieben, vom Schwanz spüre ich noch nicht viel, vorwiegend Bauch. Er streichelt mich weiter und fragt, ob wir vielleicht ins Bett gehen sollten, in der linken Hand hält er immer noch seine Arbeitsunterlagen.

„Ja, du kannst auch einmal die Mappe ablegen."

„Ich wusste nicht, wie ich das unauffällig erledigen sollte", grinst er.

„Und die Schuhe ausziehen."

„Legst du Wert darauf?" Ich schaue ihn streng an.

Dann gehen wir in das Schlafzimmer, und er schiebt mir währenddessen den Rock hoch, um meinen Hintern zu sehen, und die Fut auch, vermute ich. Was ich nun auf gar keinen Fall will, ist, dass er mir von hinten die Schamlippen auseinander schiebt, und dadurch meine Erregung schwindet, weil ich zu früh „aufgemacht“ worden bin, wie beim letzten Mal. Und dass dann alles austrocknet, nur weil er sich jetzt einbildet, mich anschauen zu wollen.

Wir stehen vor dem Bett, und er zieht sich jetzt erst einmal aus. Ich schaue ihm ratlos zu. Als er sich aus den Klamotten zwängt und eine schenkellange, graue Unterhose in Feinripp mit irgendeinem bekannten Label, das ich gleich darauf wieder vergesse, sichtbar wird, sagt er entschuldigend und nett „mit deinem Kleid hast du natürlich einen gewissen Vorsprung“.

Da lachen wir beide wieder ein bisschen.

„Du könntest ja eigentlich unter der Jeans auch nackt sein, das wäre geil“, meine ich. Er stimmt mir scherzhaft lächelnd zu. Aber warum kam er nicht selbst auf diese Idee? Kann sein, dass er zu schüchtern ist, trotz seines abgebrühten Getues, oder keine Phantasie hat, oder sich schämt, sich anzubieten.

Dann schiebt er mir das Kleid über den Oberkörper, über den Kopf, weg ist es, auch damit hätte er ein bisschen mehr spielen können. Kleidwülste an den Hüften halten, durch den Stoff durchstreicheln, Stoff in die Arschspalte klemmen, Träger über die Schultern schieben, Brustwarzen über den Rand springen lassen. Ich frage mich schon wieder einmal, was Frauen, so wie diese Therapeutin der gehobeneren Mittelklasse mit ihren Langzeitbeziehungsmännern treiben, um sie in eine solche hastige Einfallslosigkeit zu stürzen, so dass vom sexuellen Spiel nur mehr die knöchernen Reste übrig bleiben, nur mehr die Schale vom Krustentier. Das saftige Fleisch der sexuellen Phantasie hat sich vor langer Zeit vertschüsst.

Wie hat es denn überhaupt wieder angefangen mit dem Berger und mir, nach den vielen Jahren, in denen wir einander aus den Augen verloren hatten? Ja wie? Vor ein paar Wochen, an einem verregneten Junitag, in einer Filiale der Bank Austria, in der ich zähneknirschend meine Wohnbaukreditrate zurückzahlte, sah ich seinen charakteristischen Kopf vor mir, die kleinen Löckchen, die sich hinter den Ohren kringeln, das Flinserl im Ohr, also auch von hinten sah er aufsässig aus, wie er zum Ausgang schlapfte. Normalerweise hätte ich mit ihm und meinem früheren Dasein nichts mehr zu tun haben wollen, hatte schon genug Menschen beständig um mich, und hätte ihn hinausgehen lassen, aus der Bank und damit wieder aus meinem Leben. Aber ich hatte in diesen Tagen einen eindeutig depressiven Schub.

Ich war eben von einer Reise mit Jo-Ann zurückgekommen, bei der bestürzend klar wurde, dass mich mit ihr nichts mehr verband. Ich war weder verliebt in sie, falls ich es je gewesen war, noch törnte mich ihr spindeldürrer Zappelkörper an, den ich zwei Jahre lang tapfer, oft mit zugekniffenen Augen sexuell geliebt hatte, um von ihr befriedigt zu werden. Noch konnte ich die Art ertragen, wie sie beim Frühstück mit den anderen Pensionsgästen beflissen Smalltalk betrieb. Sie versetzte mich mit ihrer duckmäuserischen Leutseligkeit und ihrem verstreberten Wissensdurst jede Sekunde dieses Urlaubs in eine Raserei der Ablehnung, und schlafen konnte ich schon gar nicht neben ihr. Ich nahm mir ein eigenes Zimmer und an dem einzigen Abend, an dem wir gemeinsam in einem Raum schlafen mussten, weil die vertrottelte Zimmerwirtin Doppelbelegungen angenommen hatte, tobte ich. Ich rannte in diesem Raum, in dem ohnehin vier große Betten standen, brüllend wie ein Tiger im Käfig herum, und Jo-Ann verzog sich darauf hin ein, zwei Stunden lang im Badezimmer am Gang und wartete, bis ich eingeschlafen war. Dann schlich sie sich demütig herein und verschwand im Kinderbett beim Fenster.

Schrecklich, dieser Urlaub. Jede Faser meiner Seele schrie, ich liebe sie nicht, ich liebe sie nicht. Es war mir ein Rätsel, warum ich es nicht fertig brachte, diese eklatante Wahrheit vor ihr auszusprechen. Mein Mund war wie zugeklebt. Ich konnte unsere Beziehungsillusion nicht zerstören, obwohl die Zerstörung durch meine Taten, das Toben, Schreien und Wüten längst fortgeschritten war.

Warum ich die Beziehung mit Jo-Ann zwei Jahre lang mit mir herumgeschleppt hatte, weiß ich nicht. Vielleicht, weil wir uns ohnehin so selten sahen, alle sechs Wochen auf ein paar Tage und die waren erträglich, denn sie wohnte ja nicht einmal bei mir, wenn sie nach Wien kam. Vielleicht, weil ich mich von ihrer unterwürfigen Verehrung geschmeichelt fühlte, vielleicht, weil sie mir eine Art Sicherheit gab und die Zeiten einer erhöhten Fluktuation von Liebespartnern und Partnerinnen beendete. Ich schaffte es, ihr treu zu sein, fast zwei Jahre lang. Aber nach dieser Reise ging nichts mehr. Der Berger war der erste, der mir in einer solchen Stunde der Not über den Weg lief. Ich ging also, ohne viel nachzudenken auf ihn zu und schnappte ihn von hinten am Hals. „Wirtschaftspolizei, Berger, den Ausweis bitte!“ Er zuckte zusammen, als er mich aber erkannte, erhellte sich sein Gesicht vor Freude, und natürlich brachte er mich in seinem neuen BMW durch den strömenden Regen in die Arbeit zurück.

Danach wollte er mich wiedersehen. Klar. Ich hatte damit mehr oder weniger gerechnet. Wir verabredeten uns im Gartenbau, wo eine Retrospektive alter Filme aus den 60ern, 70ern lief, und – war es das große Kino, das nie und nimmer ausverkauft sein konnte und uns eine ganze leere Sitzreihe bescherte, war es der verregnete Frühsommer, waren es die Leute dort, alles Typen, die wie wir beide damals in den späten 80ern täglich ins Alt Wien gingen, diese tröge Kneipe, in der Zeit meiner jugendlichen Unflätigkeiten, eine Epoche, in der Frauen mir noch nichts bedeutet haben. War es die Tatsache, dass wir den Film mit der Hepburn beide schon kannten, oder war es bloß Wiedersehensfreude. Minuten nach Filmbeginn legte der Berger die Hand auf mein Knie, sanft und lasziv und wenig später küssten wir uns mit der Gier zweier zu Tode Verurteilter. Ich drehte mich zu ihm hin, fiel über seine Lippen her, und er griff mich schnell und innig ab. Er öffnete meinen Hosenzipp und krabbelte mit den Fingern zu meiner Möse. Er ist ein mösenversessener Mensch, wie ich kaum jemanden anderen kenne. Das ist das Netteste an ihm. Da die Hose aber eng war und wir vorsichtig sein mussten, die Leute vor uns oder auf der anderen Seite des Ganges nicht auf uns aufmerksam und damit vielleicht vor Neid rabiat und böse zu machen, blieb sein Finger mit sehr gierigem Druck am Eingang meines Lustorgans und zwängte sich nur leicht zwischen die Lippen, so dass er immer ein bisschen quetschen und kneten konnte. Genau das erregte mich aber, wie auch früher Petting für Frauen schöner war als der ehelich vollzogene Geschlechtsverkehr, das Eindringen, die ganze Wahrheit ist meist beispiellos langweilig.

Nicht anders ist es heute auch, Bergers Finger, die am liebsten schon ganz in mich hineingeschlüpft wären, sind außen erregender als sie drinnen je wären und bringen mich in einen Zustand, in dem ich in diesem Kino alles akzeptiert hätte, auch dass er sich hinkniet und mich zu lecken anfängt, und als Dank dafür von mir aus eine Fellatio, wenn der Film so lange durchhält.

Leider waren wir beide zu feige dafür, und hielten nur auf sitzende, grapschende Weise bis zum Ende durch. Schön, dachte ich nachher, wahrscheinlich wird man sich wieder einmal treffen, dann könnte sein, dass mehr passiert. Da schaut er mich aber inmitten der Menschentrauben vor dem Kino grinsend an und sagt: „Also magst pudern gehen oder nicht?"

Ich erstarre vor so viel unromantischer Direktheit.

„Berger!", sage ich rügend. „Kanns denn nicht ein bisschen langsamer, verschleierter abgehen? Kannst du keinen Euphemismus dafür verwenden?"

„Na geh", säuselt er, „du magst doch ohnehin auch. Da kann mans doch gleich benennen.

Ich schaue ihn zweifelnd an.

„Ich muss das nämlich wissen, denn dann ruf ich die Ingrid an und sag ihr, ich geh noch mit ein paar Haberern etwas trinken und komme später nach Hause."

„Wohin sollen wir denn überhaupt?"

Meine Wohnung ist zu weit entfernt und seine tabu, ich hätte vorgeschlagen, ihn mit dem Auto wieder in die Stadt zu bringen, aber er lehnt das ab, es ist ihm zu kompliziert.

„Ins Orient", sagt er, und ich lache schallend auf.

„Das ist doch ein gutes Hotel", meint er.

Ja, es ist gut, ein elegantes, teures Stundenhotel mit der Möblage der Zwanziger Jahre, in der Wiener Szene bekannt, weil es auf Kultur tut, mit erotischen Lesungen. In einem Zimmer steckt noch die Pistolenkugel eines eifersüchtigen

Freiers in einem der Gemälde. Ich hätte mir nur nie gedacht, dass ich selber in die Verlegenheit komme, es zu besuchen.

„Ich habe aber Hunger", wende ich ein. „Ohne etwas zu essen, kann ich nicht."

„Dort gibt es sicher kleine Speisen."

Das wird teuer, denke ich, aber soll er es doch zahlen, wenn er darauf besteht.

Wir machen uns also dorthin auf, und ich erwarte mir hinter der bürgerlichen Fassade die Schäbigkeit von käuflichem Sex. Aber das Haus ist gediegen, der junge Portier ist sachlich höflich. Zu Essen gibt es *foie gras* Brötchen mit Champagner, serviert, als der Berger mich bereits entkleidet hat. Das sehr jung und unschuldig wirkende Zimmermädchen versucht, mich nicht anzuschauen, und obwohl wir hier just dafür zahlen, uns sexuell zu verlustrieren, ist mir meine Nacktheit vor ihr peinlich.

Schlimmer aber als das ist die Unterschiedlichkeit im Genießen, die der Berger und ich im Laufe der Jahre entwickelt haben. In diesem roten Raum mit seinen Brokattapeten und einem goldeingefassten Spiegel an der Decke, womit als selbstverständlich angenommen wird, dass sich Leute, die Sex miteinander haben auch ständig dabei beobachten wollen, könnten wir uns nun stundenlang an wollüstigen Berührungen und Verschlingungen weiden, wie im Kino vorhin Erregung langsam kommen lassen. Aber in diesem Raum mit seinen Lämpchen und Tischchen, der Koje zum Umkleiden und dem wahrlich luxuriösen, neuen Bad mit Dusche und Wanne, Whirlpool und Marmorfließen kommen wir nicht wirklich zusammen. Meine Erfahrungen haben meine Wünsche verändert. Vielleicht ist der Berger ja der Gleiche geblieben, lüstern und verhalten und mösenfixiert und glücklich darüber, wenn sein Schwanz danach aufmerksam und liebevoll geleckt wird, aber ansonsten hudelt er über erotisch aufgeladene Situationen hinweg. So war es im Hotel Orient, so ist es auch jetzt in meiner Wohnung.

Als er sich meiner Möse annimmt, wird deutlich, warum es zwischen Männern und Frauen NIE klappen kann. Wenn ich einen Schwanz lutsche, will ich den Träger desselben zum Orgasmus bringen. Wenn der Berger sich jetzt um meine Fut kümmert, dann will er sie zuerst anschauen und auseinander ziehen, um sie mit Blicken zu verschlingen, dann gleich ganz mit den Fingern in sie eindringen, wieder hinaus, hinein, hinaus, wie es ihm gerade einfällt, und nicht, wie es meine Lustkurve und meine Vorlieben wollen. Es geht ihm nicht um mich, darum wie ich am besten komme, sondern wie er am besten schauen, antappen und eindringen kann.

Ich muss mich bemühen, ihn davon abzuhalten, meine Erregung sofort und total zu zerstören. Ich öffne die Beine zum Beispiel absichtlich nicht, als er die Klitoris berührt, ich schließe die Schamlippen, noch bevor er ankommt, ich sage: „Bitte leck sie zuerst, bitte nicht zwischen meine Beine, lass sie geschlossen, bitte nicht sofort eindringen, erst nachher.“ Ich bin angespannt, weil ich nicht weiß, ob er das nun befolgen wird oder sich gemaßregelt fühlt, ob er meint, nun mit seinen Schaugelüsten zu kurz zu kommen, wenn ich auf meinen Lustrhythmus nicht verzichten will.

Er könnte sich ja in dem Wunsch gehen lassen, die Möse, nicht nur sein Schau-, sondern vor allem mein Lustorgan mit der Zunge zu umgarnen, so wie man eine schöne Frau anflirtet, sich auf das „Werben und Erobern“ konzentrieren. So etwas würde eine lesbische Liebhaberin machen, die sich mit der weiblichen Lust besser auskennt. Er könnte erst die Umgebung erregen, und dann nach und nach hineinlecken, sukzessive Entblößung. Er würde mich dann mehr und mehr nehmen, je nach meinem Erregungszustand.

Aber in diese Lage versetzt er sich gar nicht, sondern schaut und ergötzt sich an ihr, leckt ein bisschen, hört wieder auf damit, was mich ärgert. Währenddessen liegt er so schwer auf meinem Knie, dass ein Knochenbruch nicht weit ist. „Shit, du bist doch schwerer als ich, hast du sogar das vergessen, du Mann du“, denke ich aufgebracht, als ich versuche, höflich und ohne Aufwand das Bein herauszuziehen.

Dann öffnet er mir doch die Schenkel um besseren Zugang zu haben, und leckt die Möse von unten hinauf. Das, sagen wir, geht einigermaßen, nein, ehrlich, es ist viel zu viel Stimulierung gleich zu Beginn, und ich fürchte schon, ich kriege es nun überhaupt nicht mehr. Aber vier Wochen ohne Sex machen sich auch trotz der misstrauischen Anspannung, mit der ich all seinen Bewegungen folge, bemerkbar, und seine brachiale, undifferenzierte Direktheit beginnt mich zu reizen. Die Zunge tanzt wie ein großes, weiches, glattes, nasses Bällchen hin und her, und es ist bald nicht mehr festzustellen, wo genau sie gerade leckt. Der ganze äußere Vulvabereich wird bearbeitet und stimuliert, und jetzt murmelt er auch noch liebevoll „wie schön deine Muschi ist, ich habe mich so nach ihr gesehnt, du hast eine so wunderschöne, unschuldige Muschi“, und, sanft seufzend „ich werde nun doch in dich eindringen müssen, ein bisschen, mit dem Finger“, dann fragt er gleich „so? oder tiefer?“, „nein, nicht tiefer“, antworte ich, und er ist in der Tat jetzt endlich etwas vorsichtiger, so dass das Eindringen erregt.

Also komme ich, angesteckt durch seinen trancehaften Möseneroberungtrieb. Er transportiert so viel fieberhafte Besitzgier, es geht ihm so sehr darum, mich haben zu wollen, in mir zu sein, von meiner Möse umschlungen zu werden, dass ich im Orgasmus kapituliere. Meine Lust wälzt sich heran und bricht durch.

Danach der Versuch der Penetration. Wir sind ja noch nie, auch vor sechzehn Jahren nicht bis dahin gekommen. Damals hatte sich der Schwanz gegen eine solche Ungeheuerlichkeit zur Wehr gesetzt. Mittlerweile hat der Berger ein Kind gezeugt, also scheinen weniger Vorbehalte da zu sein. Das soll nun bewiesen werden, aber der Schwanz will auch diesmal wieder nicht. Er ist klein und weich, wie ein Waldpilz, will nicht in mich hinein. Vor allem möchte ich von vorne penetriert werden, er aber will von hinten kommen. Schon da Divergenzen. Zuerst setze ich mich durch, aber der Schwanz dankt es nicht, glitscht gleichgültig klein an meiner Mösenöffnung vorbei, versuchen wir es halt von hinten. Da bleibt er steif, aber nun ist es mir nicht angenehm, auch dass er immer bis zum Anschlag hinausgeht, diese Reibung langweilt mich.

Also lassen wir es schnell wieder. Der Schwanz zieht sich in unscheinbare Winzigkeit zurück, und der Berger kniet sich nun wieder hin und leckt an mir, der Finger erwischt zufälligerweise den G-Punkt, und als ich mein Klitorisfleisch gegen die von ihm vollgefüllte Vagina drücke, kommt es mir brutal. Bis nach hinten zum Arschloch ziehen die Nervenbahnen sich in ihren Zuckungen zusammen, und ich werde ganzheitlich geil. Sogar mein Handrücken lädt sich erotisch auf.

„Leck mir die Hand bitte", flüstere ich ihm zu.

„Die Hand? Wieso denn die Hand?"

„Ja, die ist so geil jetzt."

„Du Glückliche", sagt er in einem raren Geständnis von Einsicht.

Er fährt mit der Zunge drüber, und ich raste schier aus, es ist wie ein nächster Orgasmus, dass der Rücken der Hand und die Spalten zwischen den Fingern so erregt sind und die Zunge immer weiter haben wollen.

Im Nachklingen des Orgasmus, in dieser Freude, die den ganzen Körper erfasst, in der Gelockertheit und alles umarmenden Entspannung, presse ich mich nun an ihn, an seinen schweißnassen, übergewichtigen Bergerkörper, spüre dieses Verschmelzen von Flüssigkeiten, dieses Rutschen von mit Saft überzogenen Hautpartien und bin glücklich.

Ihn zum Höhepunkt zu bringen ist eine etwas hartnäckige Sache, denn der Schwanz ist eigentlich unwillig, noch etwas zu leisten, wahrscheinlich der ganze stressige Arbeitstag, der Stau bei der Westausfahrt und dass er nachher pünktlich bei der Freundin sein muss, dass er heute schon ein paar Gläschen gezwitschert hat usf. Zu guter Letzt gelingt es, er steift auf und kommt dann auch gleich, spritzt auf seinem Bauch ab, und nachher zuckt sein Körper noch eine ganze Weile stöhnend nach, was mir gefällt.

Wir liegen zusammen, aber nicht sehr lange.

„Weißt du, wie spät es ist?“

Ich lache.

„Woher soll ich das wissen? Das hier sollten doch Momente sein, von denen man sagt, sie seien zeitlos.“

Damit ist der Aufbruch angerissen, und alles geht nun sehr schnell. Es ist Viertel vor sieben.

„Ich hol dir ein Kleenex“, sage ich im Aufstehen.

„Ein Kleenex wird in diesem Fall wohl etwas zu wenig sein. Wenn du eine Dusche hättest, wäre das super.“

„Dusche? Na gut. Dusche ist auch da“, sage ich. „Aber nicht alles vollspritzen im Bad.“

„Nein", lacht er.

„Willst du allein sein, oder brauchst du Gesellschaft?"

„Wie du gerne möchtest."

Ich schaue ihm zu, wie er sich einseift, dann nehme ich ihm die Brause aus der Hand, stelle sie auf stark und spritze ihm auf den Schwanz, während ich laut auflache.

„So humorvoll auf einmal?", wundert er sich.

„Ja", rufe ich begeistert. Ich bin jetzt übermütig, ich könnte ständig etwas Dummes tun, albern sein, kindisch. Beim Berger kindisch zu sein, zahlt sich aus. Er lässt sich alles gefallen. Dabei weiß ich nicht, ob er selbst auch kindisch ist oder aber das nur toleriert, weil er einen kleinen Sohn hat

Ich steige nach ihm in die Wanne.

„Ja, dusch du dich nur auch. Ordnung muss sein", ätzt er und tut beleidigt.

„Nicht, dass mir der Kontakt mit dir unangenehm gewesen wäre."

„Danke, dass du das jetzt gesagt hast."

Wir prusten los. Ich kann mich gar nicht mehr halten vor Lachen, ich brülle lauthals heraus, sehr zu seiner Verwunderung, ich würde am liebsten weiter boshaft, oder schlicht dumm sein. Schade, dass er es so eilig hat, dass er danach, nach seiner Ejakulation so expeditiv ist, als würde ihm erst nach dem Orgasmus bewusst werden, welche Schuld er auf sich geladen hat, weil er die Freundin mit mir betrügt. Nun aber schnell weg von diesem Ort der Tat. Auch im Hotel Orient musste nach seinem Orgasmus schnell, schnell geduscht werden und ich merkte seine Unruhe, als ich mich im Bademantel dann noch einmal aufs Bett setzte, um die Entspannung zu genießen, das Zimmer hätten wir sowieso drei Stunden lang für uns gehabt.

„Die Farbe Rosa scheinst du zu mögen", grinst er mit Blick auf meine Handtücher, den Badvorleger und die Bettwäsche. „Du trugst auch ein rosa Kleid, als wir uns kennen gelernt haben", sagt er, als er seine sieben Sachen zusammensucht und sich ankleidet. „Sehr eng, mit einem tiefen, runden Ausschnitt beim Dekolleté", erzählt er weiter. Ich kann mich an kein solches Kleid erinnern.

Er hätte mich in Gesellschaft eines seiner besten Freunde kennen gelernt und etwas später zufällig in einem der Lokale wieder gesehen, die er damals täglich frequentierte, wo ich gerade mit jemand anderem geflirtet oder diesen eventuell auch geküsst hatte. All das weiß ich beim besten Willen nicht mehr.

Ich erinnere mich nur daran, dass wir in seiner versifften Wohnung gelegentlich Sex hatten und einmal in der Wohnung seines Freundes Pornovideos schauten, auf einer Matratze am Boden liegend und mich das extrem geil machte. Und dass ich in einem schwarzen Chiffonkleid aus der Jugendzeit meiner Mutter zu ihm kam. Ich hatte es vorher zu meiner Geburtstagsfeier getragen, es gibt ein Foto davon, wie meine kleine, damals achtjährige Nichte und ich im Garten sitzen und ich ihr etwas erzähle und sie mich gebannt anschaut, es muss derselbe Tag gewesen sein, oder zumindest ein ähnlicher davor oder danach, denn an diesem Tag hatte ich das Kleid meiner Mutter entdeckt und sofort angezogen, und für mich behalten, es sogar anbehalten, als ich ihn in der Wohnung seines Freundes zwecks Anschauen von Pornovideos besuchte, armes Kleid. Seither habe ich es NIE MEHR getragen, es hängt in meinem Schrank in Nylon geschützt und wartet darauf, wieder einmal ausgeführt zu werden, aber die Gelegenheit ergibt sich nicht. Wenn ich ausgehe, entscheide ich mich im letzten Moment doch eher für etwas

Zeitgenössisches und nicht für dieses schöne, altmodische, schwarze Chiffonkleid mit Prinzessausschnitt, der die Schultern wie ein Schal umspielt und dem geschwungenen Rock, der bis zu den Waden fällt.

Diese Erinnerungen ziehen an mir vorbei, als er sich zum Gehen fertig macht, und ich mich abtrockne und dann den kurzen, japanischen Morgenmantel überstreife.

„Darf ich dich wieder anrufen?", fragt er in seiner süßen, unbedarften Zärtlichkeitsstimme, als wir uns verabschieden.

„Ja, unbedingt", antworte ich gutmütig.

„Und wirst du dich dann auch freuen?"

„Total. Wenn auf dem Display ‚Berger' aufscheint, dann werde ich mich total freuen."

Und wir lachen wieder.

Ich lehne an der Haustür wie die Kurtisane persönlich und er sagt: „sehr schick schaust du jetzt aus".

Ich winke ihm nach, und das war es dann.

Brüsseler Spitzen

Dieser Mittwoch war ein glücklicher Tag. Nichts Außergewöhnliches passierte, vielleicht war er nur eine Schnittstelle zwischen überstandenen Unannehmlichkeiten und erhofften Verzückungen. Nach einem beruflichen Termin bin ich spazieren gegangen, anstatt weiterzuarbeiten. Dies erschien mir als die beste Art, einen so wolkenlosen Februarnachmittag in Brüssel zu verbringen. Sonne überall, und die Luft recht frisch. Ich war etwas verkühlt, dennoch setzte ich mich auf die Terrasse eines Cafés auf dem Platz vor den Halles de Gery ins Freie und blieb dort bei einem Salat mit Ziegenkäsecrouton einige Zeit sitzen. Die Welt erschien mir glänzender als je zuvor. Ich betrachtete zufrieden die alten Gebäude am Hauptplatz.

In den halb verfallenen Markthallen hat in der ersten Woche meines Aufenthaltes, die schon so lange her scheint, die Austrian National Party stattgefunden, mit ihren heterosexuellen Junkern im Trachtenanzug und Mädels in Dirndl, aber auch, wie es in dieser Stadt nicht zu vermeiden ist, Schwule, Lesben und Sozis aller Nationalitäten, so laufen diese Feste nicht nur hermetisch und österreichisch, sondern weltoffen plurisexuell ab. Auch die liebestolle Tochter des schwarzen EU-Kommissars war da, diesmal auf Frauensuche. Männer lagen schon genug auf ihrer Türmatte.

Jetzt, Wochen später und untertags war von diesem Treiben nichts mehr übrig, ich beäugte, grundlos über mein Schicksal begeistert die abgefuckten Gebäude hinter den Hallen, die von irgendjemandem aus Werbegründen in grellbunten Rot-, Gelb- und Blautönen angestrichen worden waren und jetzt wieder renoviert wurden.

Später erlebte ich von meiner Wohnung aus einen prächtigen Sonnenuntergang und fotografierte mich mit Selbstauslöser auf der Dachterrasse. Ich genoss jede Sekunde des Tages. Ich war, selten genug von mir überzeugt und davon, dass das Leben nur Annehmliches zu bieten hat.

Meine Mission geht ihrem Ende zu, zwei Tage noch, aber ich bin schon jetzt in einer halboffiziellen Ferienstimmung. Die Kontakte, die ich hier knüpfe haben mehr und mehr mit Freizeitgestaltung, denn mit Arbeit zu tun. A la longue geht es aber allen so in Brüssel. Privates und Berufliches mischen sich wie in keiner anderen Stadt.

Auf dem Sektor „Liebe“ hat sich seit dem Wochenende allerdings einiges zugespitzt. Zwischen Marc Beutel und mir ist es immer noch zu keiner Annäherung gekommen. Nach der Sitzung von ECOFIN ist er Freitagnachmittag zu seiner Exfreundin nach Köln gefahren. Frech. Das hätte ich nicht erwartet, nachdem wir uns so gut verstanden hatten. Aber was hat diese Reise eigentlich mit mir zu tun? Nur weil ich seit vier Wochen mit ihm ins Bett will und er das mitgekriegt haben könnte, aber so tut, als ob er es nicht merkt, muss er ja nicht auf seine anderen Bindungen verzichten. Ich war trotzdem enttäuscht. Zuerst hätte die Ex-Freundin nach Brüssel kommen sollen, er hat sogar scherzhaft gesagt, er möchte uns beide zusammenbringen, sie würde mich gern kennen lernen, von Bi-Frau zu Bi-Frau, aber ich hoffte insgeheim, dass mir das erspart bliebe. Der Wunsch ging in Erfüllung, sie kam nicht, stattdessen fuhr er, und ich dachte, Mist, wieder ein Wochenende vergeudet, jetzt bleibt nur noch eines vor meiner Heimreise nach Wien. Als er mir telefonisch ankündigte, dass er nach Köln fahren würde, sprang ich „ins kalte Wasser“ und fragte ihn, ob ich denn danach bei ihm wohnen könne. In der letzten Woche meines Aufenthaltes, die ich als Urlaub anhängen will, ist nämlich mein Betriebsapartment nicht mehr frei.

Erstaunt, ja erfreut über meinen Vorschlag, sagte er sofort zu. Wenigstens das ist im Kasten. In seiner Wohnung wird es dann für ihn keine Ausflüchte mehr geben, dann wird er herhalten müssen. Aber auch da kann sich natürlich nichts ergeben, wenn sich nichts ergeben soll. Oder, wer weiß, ob es überhaupt gut ist, bei ihm zu wohnen. Was ist, wenn wir es miteinander treiben und es gefällt mir nicht, oder er nervt mich, dann kann ich nicht mehr weg, ohne größere Kalamitäten zu verursachen. Oder er weist mich ab, und ich muss dieses Abgewiesen-worden-sein eine Woche lang in seiner Wohnung ertragen. Auf den Wienball gehen wir jetzt auch gemeinsam. Das hat sich so leicht und mühelos ergeben, wie alles mit ihm außer Sex, auf diesem Gebiet ackere ich immer noch, hadere mit mir, traue mich nicht, spüre von ihm aus Zurückweichen, dann einen kleinen Vorstoß, dann schaut er wieder im entscheidenden Moment weg und dreht die Augen unbeteiligt zum Plafond.

Ich erzählte ihm am Telefon, dass ich bei meinen Einkaufstouren nach Antwerpen das tollste Jäckchen aller Zeiten für den Wienball erstanden habe und sagte: „Nämlich aus goldenem Leder von Vivian Westwood“, und er:

„Bist du dann die Ballsensation? Dann sollte ich vielleicht doch auch hingehen.“ „Natürlich sollst du.“

„Aber der Eintritt kostet so viel.“

„Wieso, kauf dir eine Jugendkarte.“

„Und du glaubst, die lassen mich hinein?“

„Ich hab auch eine und bin zehn Jahre älter als du.“

Ich versprach, ihm eine zu besorgen. Kurz bevor er nach

Köln fuhr hatte ich sie erstanden, rief ihn an und sagte, ich würde sie ihm schenken.

Als er erfreut ausrief: „Da schick ich dir gleich ein Bussi", antwortete ich: „Das kannst du mir dann direkt geben", worauf plötzlich verlegenes Schweigen am Telefon entstand. Ich überspielte es schnell, indem ich forderte, dass er sich für diese Gelegenheit nur ja einen Smoking anzieht.

Was hab ich mir aber damit eingebrockt? Sechs Tage lang bei ihm in der Wohnung. Wenn die schief gehen, geht auch der Wienball schief, weil er da mein Partner sein wird. Ich habe mich voreilig entschieden. Dabei hätte es andere Angebote gegeben. Am Wochenende in der Frauendisco eine sehr sanfte, hingebungsvolle Frau, die auf SM steht, als M nämlich, sagt Gundi, die Leiterin der ÖGB-Außenstelle. Die Frau rief am Sonntag an und wollte mit mir spazieren gehen. Aber mir war zu übel. Ich hatte einen schrecklichen Migräneanfall, der erste seit sechs Monaten.

Was war diesmal schuld daran? Das schlechte Bett des Betriebsapartments, Marc, der eben in Köln weilte, womit ich mich nicht abfinden wollte, oder die saublöde Ingrid Laushammer, Chefin der APA Brüssel, die ich auf der Tagung der Wirtschaftsfrauen im Hotel Mercure kennen gelernt hatte?

Die ÖGB-Gundi, die mich so gern verkuppeln möchte, hat sie mir längst angepriesen, und der Hoffnung Ausdruck verliehen, dass es zwischen der Laushammer und mir funken könne. Als wir einander endlich gegenüberstanden, dachte ich, eine schöne Frau, tatsächlich, aber ihre Koketterie ging mir sofort auf die Nerven. Ich schwankte zwischen „die könnte ich mir aufreißen, sie wäre ja frei, ich brauche endlich wieder Sex und eine Frau, sie ist schön und macht mir Avancen", und einem unerklärlichen Unwohlsein in ihrer Nähe, das wohl ein Spiegel ihres eigenen, inneren Unbehagens war.

Ich konnte nicht ich selbst sein neben ihr. Ich wusste auf einmal nicht mehr, wie ich sitzen sollte, wohin mit den Händen. Ihre Gesten wirkten einstudiert. Sie rauchte, ein absolutes Minus, schweifte sofort nach dem Anfang eines Satzes mit ihren Gedanken ab, so dass man ständig in Zeitzwang kam, wenn man etwas erzählte, und machte sich auch generell wichtig. Sie trachtete danach, allen zu gefallen, trotzdem redete ich mit ihr und ging nach der Tagung mit ihr und den anderen Abendessen, dann mit in eine Bar.

Ich ahnte, dass sie darauf wartete, ob etwas reingeht, zwischen uns, aber das war mir für den ersten Abend zu schnell. Um ein Uhr nachts ging ich schlafen. Freitag waren wir mit Gundi verabredet, da würden wir uns ohnehin sehen. Freitag! Gott sei Dank gab es diese Verabredung mit Gundi überhaupt, Marc war ja in Köln, ich wäre an diesem Abend allein herumgesessen. Dennoch wurde das Wochenende ein Reinfaller. Der Abend mit Gundi und der Laushammer und noch zwei Frauen war nicht der Hit. Sie langweilten mich alle drei, Gundi mit ihrer stämmigen, derben Munterkeit, gleichzeitig unsicher bis ins Mark, der Leitungsposten war eindeutig eine Nummer zu groß für sie. Die anderen beiden waren Mitläuferinnen, wahrscheinlich ohnehin ihre Assistentinnen beim ÖGB, und ich musste mit mir kämpfen, nicht sofort aufzustehen und zu gehen. Man braucht ja seine Kontakte.

Ingrid war trotz ihrer Mittelmäßigkeit von unflätiger Arroganz. Um höflich zu sein fragte ich sie, ob der gestrige Abend, an dem ich so früh verschwunden war, noch nett gewesen wäre. Sie antwortete, sie wäre erst um sechs Uhr morgens nach Hause gekommen.

Meine Frage, arglos: „Ach so? Was habt ihr denn gemacht?"

Ihre Antwort, vielsagendes Lächeln: „Ja es war gut, sehr gut."

„Aha", sagte ich, ohne weiter in sie dringen zu wollen.

Sie, nun ungefragt: „Wir haben es zu dritt getrieben. Eine Kleine, Junge, deren Lippen mir gut gefallen haben. Da wollte ich die sofort küssen und habe es auch getan, und noch ein anderer, ein Typ war mit von der Partie. Gepflegt."

Sie sagte das angeberisch, wollte aber keine Details darüber abgeben, wie sie die betreffenden Sexualobjekte denn kennen gelernt hatte, nach ein Uhr nachts. Es stellte sich nämlich heraus, dass sie die ohnehin aus unserer gestrigen Runde gefischt hatte. In meiner Erinnerung war da keiner so aufregend, wie sie tat, aber ihre Erzählung riss in mir eine Wunde auf.

Vielleicht, weil bei mir seit Monaten nichts klappen will, ich längst den sexuellen Notstand ausgerufen habe und mich immer auf Geschichten einlasse, die nicht realisierbar sind, eine schon elendslange Reihe von gescheiterten Annäherungen an Frauen, deren Namen mir nicht einmal mehr in der gebotenen Reihenfolge einfallen, Anna, Carla, Celeste. Oder Celeste, Carla, Anna, ich weiß es nicht mehr.

Zuletzt diese kleine, butchige Jurastudentin aus Wien, die immer in dunkelblauen Nadelstreifanzügen mit Seidenschals und goldenen Manschettenknöpfen herumläuft, diese Hella. Eigentlich ist sie in meine Ex-Freundin Christina verliebt, bei der sie nicht die geringste Chance hat. Täglich schickt Hella mir E-Mails, um sich über die Kälte Christinas zu beschweren, mich aber hat sie zurückgestoßen, als wir uns vor Weihnachten eines Abends nähergekommen sind. Man kann sogar sagen, dass sie buchstäblich aus meinem

Bett gesprungen ist, nachdem sie mich in ebendieses hineingetragen hatte. Denn gerade im entscheidenden pre-koitalen Moment haben sich angeblich Gedanken an Christina unpassenderweise in das Begehren geschlichen. Jetzt, wo ich weit weg bin, bekomme ich täglich Post von ihr.

Soweit zu den Frauen. Und reden wir nicht von dem reizenden, noch immer nicht in meine Fänge geratenen Marc, der sich vielleicht auch als unerreichbarer Fall herausstellen wird. Soll denn das mein Schicksal werden, ab nun an?

Die Ingrid Laushammer hat also nicht unbedingt einen Stein bei mir im Brett, wenn sie von ihren Bettgeschichten erzählt. Dummerweise bot ich ihr und Gundi auch noch an, mit mir am Samstag zu einem Theaterstück in die Halles de Schaerbek zu gehen. Der Intendant hatte mich eingeladen, Karten wären schon hinterlegt. Gundi hatte keine Zeit mitzukommen, weil ihre Freundin aus Wien zu Besuch kam. Und ich war so einfältig, froh zu sein, dass wenigstens diese unsägliche Ingrid zusagte, die auch meinem Marc gefällt. Als ich ihn über meine Wochenendpläne informierte, meinte der: „Mit der Laushammer darfst du, die ist gar nicht so schlecht."

Die Laushammer und ich trafen uns also am Samstag, nachdem ich von meiner letzten Einkaufstour in Antwerpen zurückgehetzt kam und mich dort schon in meinem Lieblingscafé am Hafen geärgert hatte, weil kein Sitzplatz mehr frei war, der Kellner mir andere Gäste vorzog und ich den Sonnenuntergang bei klirrender Kälte draußen verbringen musste. Also schon da ist mein Ego gekränkt worden. Da traf ich auch noch die Laushammer. Gut, das Schauspiel in den Halles de Schaerbeck war wunderschön, ein Zirkus spielte in barocker Manier Candide von Voltaire, und nachher setzte sich der Intendant zu uns, dieser ungeschlachte, durch Saufen und Essen in die Breite gegangene Alt-Achtundsechziger, den ich bis jetzt immer heimlich belächelt habe. Er fuhr total auf die Laushammer ab, kroch ihr richtig gehend ins Dekolleté, und das war für mich fürchterlich, eine Erinnerung an alte Kränkungen in der Kindheit, an Zurückgesetztwerden von Erwachsenen, und du kannst dich nicht wehren.

So schmerzhaft wie damals ist es nicht mehr. Ich stehe hier keine Höllenqualen mehr aus, sondern beobachte quasi von außen, wie diese Pute von Ingrid jedem und jeder schöne Augen machen muss und sich die Situationen so richtet, dass nur sie allein gut aussteigen kann, also alles unter Kontrolle hat. Geht die eine Frau um eins, hat sie ein paar Stunden später eine andere, teilt dies aber zwei Tage danach der einen wiederum mit. Und um welches Geschlecht es sich dabei handelt, ist auch egal. Vielleicht war ich ja auch einmal so wie sie, nur jetzt interessiert es mich nicht mehr, all diese Manipulationen sind so zeitaufwendig und energieraubend geworden. Aber ich muss mich vor Frauen wie ihr mehr in Acht nehmen. Wie konnte ich nur eine Sekunde an den Gedanken verschwenden, mit ihr etwas anzufangen, ich wäre gleich zu Beginn ihrem ständigen Geflirte mit anderen ausgeliefert gewesen. Jeden Augenblick vergewissert sie sich, ob sie auch ja attraktiv genug ist, für den Türsteher, für den Intendanten, für mich, für alle.

Als wir uns überlegen, ob wir nach dem Theater etwas essen gehen, sagt sie auch noch, sie hätte „der Kleinen von vorgestern" versprochen, sie heute Abend noch zu sehen. Ob es mir viel ausmache, mit ihr und einigen anderen in ein marokkanisches Restaurant zu gehen. Ich will keine Spielverderberin sein, frage nur vorsichtig, wer denn „die Kleine von vorgestern Abend" genau wäre, ob ich sie auch kennen würde.

Und sie: „Klar, du hast ohnehin mit ihr gesprochen, die junge Italienerin."

Parbleu, schießt es mir ein, die da! Die hat zwar ein Lolitagesicht, aber sie ist bar jeder Bildung und entschuldigt sich außerdem ohne Unterlass dafür, anstatt sich eine solche anzueignen. Dicke Kusslippen, aber sonst ist nichts dran an ihr. Mit der also hat Ingrid ihren Sex zu Dritt konsumiert? Wie muss da erst der Mann ausgesehen haben? Als wir im Taxi sitzen, ruft „die Kleine" mehrmals an, denn Ingrid hat ja auch immer ein Handy mit, an dessen Knöpfen sie dauernd herumwerkt, um sich noch um einige weitere Grade wichtiger zu machen. Als wir also im Taxi sitzen und neben mir ins Telefon gesäuselt wird, rührt sich endlich mein anderes, energischeres Ich und sagt: „Du spinnst wohl, in welche Situationen bringst du dich da, jetzt geht die zu ihrer neuen Geliebten, und du schaust durch die Finger, beziehungsweise den beiden beim Flirten zu, das würde der Laushammer zwar so gefallen, aber ist das für dich der nette Ausklang eines Theaterabends, den eigentlich du ihr verschafft hast? Nein."

Kaum sind wir also vor dem Restaurant angekommen und ich sehe die Runde von vermutlich östlichen EU-Praktikanten und Praktikantinnen, ein völlig uninteressantes Pack, mit dem ich wahrscheinlich von mir aus nie ein einziges Wort wechseln würde, das aber die Laushammer mit Vorliebe wie eine Aura um sich versammelt, kaum kommt auch noch die Italienerin unterwürfig auf uns zu, denn Ingrid hat ihr wohl in der vorgestrigen Liebesnacht erstmalig gezeigt, wo es lang geht, weiß ich, dass ich auf der Stelle flüchten muss.

„Pass auf", sage ich zu der Laushammer, „sagen wir, das wars. Ich habe dich hier abgeliefert und jetzt gehe ich nach

Hause. Ich fühl mich hier nicht wohl."

Ich küsse sie flüchtig auf die Wange, und ehe sie etwas einwenden kann, bin ich weg und habe auch sofort ein Taxi ergattert. Zu Hause ärgere ich mich hochgradigst, dass ich nicht früher geschaltet habe. Ich hätte es gar nicht soweit kommen lassen sollen, wie ein fünftes Rad einfach wegrollen zu müssen, habe ich das nötig, nur weil eine Ingrid Laushammer nicht weiß, mit welcher Frau sie den Abend verbringen soll? Vielleicht hätte sie ja mit uns beiden wollen, aber das wäre von ihr dann sehr ungeschickt eingefädelt.

Und am Sonntag habe ich einen Migräneanfall sondergleichen. Marc und Ingrid – es reicht. Und ich soll zur ÖGB-Gundi zum Brunch und dort wird Ingrid, die Erinnerung an meine Niederlage auch auftauchen. Ich liege da, im Nacken die Eisenklammer des Schmerzes, der Magen wird saurer und saurer, die Pilze in der Scheide sind wieder zurückgekommen, ich erbreche, es ist ein Uhr nachmittags, draußen schönstes, eiskaltes Winterwetter, Brügge wäre super heute, aber nicht der Gundi-Brunch und auch nicht die Kopfschmerzen, und außerdem sollte ich doch hingehen, sonst fühlt sich die Tusse von Ingrid durch meine Weigerung noch unverdienterweise interessant gemacht, glaubt, sie habe mich verletzt, was auch stimmt, aber sie das wissen zu lassen, wäre zu viel der Ehre.

Ich kann mich nur leider nicht rühren vor Kopfschmerzen, es ist entsetzlich, ich rufe Gundi an, um abzusagen. Das ist Wolfram Czerny am Apparat, er ist einer der ersten Gäste. Er sagt: „Komm sofort, ich hab mich so auf dich gefreut." Was soll man da noch erwidern? Mein süßer Wolfram, Handelsdelegierter und schwul, ich kenn ihn von meinen Studienzeiten in Dublin, die erste liebevolle Stimme in diesem Haufen von rüpelhaften Personen, die mir nur wehtun.

Also raffe ich mich drei Stunden später auf und fahre hin, obwohl ich mich im Taxi fast ankotze, aber ich will Ingrid keine Genugtuung verschaffen. Ich bin total durchgestylt. In Antwerpen habe ich ja tolle Fetzen eingekauft. Mein narzisstisches Wesen ist in jeder Boutique geschmeichelt worden, durch die vielen Kleidungsstücke, die mir wie angegossen passten. Wie schön ich bin, in den engen Hosen und taillierten Blazern, den figurbetonten, kurzen Kleidern, alle wie nach Maß für mich zugeschnitten. Kein bisschen Bauch habe ich, einen schönen Busen, wunderbare Beine, feine Hüften. So schön schlank, ein Traum für alle Frauen, und heute trage ich schwarze Jeans aus mattem Plastik mit der Textur einer Reptilienhaut, einen schwarzen Body mit tiefem Decolleté. Darüber ein Hemd, offen, ebenfalls schwarz und aus Turin, das aussieht, als wäre es aus glänzendem Kohlepapier. Wenn man genauer hinschaut, erkennt man Brüsseler Spitzen, in hauchdünnes, durchsichtiges Plastik geschweißt, nur im Gegenlicht werden die Spitzen sichtbar.

Ja, ich schaue wirklich sexy aus und trotz des Kopfwehs und des schwimmenden Gefühls von Übelkeit strahle ich, als ich hereinkomme, werfe mich auf Wolfram Czerny, der leider schon am Gehen ist und beachte Ingrid nur peripher, die ist mit der Italienerin da, was klar war. Die Wohnung der Gundi, aus den Aufwandsentschädigungen des ÖGB gezahlt, ist ein riesengroßes Loft, hypermodernes Mobilar, von Eichinger-Knechtl tippe ich, das Bett vor einem geschwungenen Panoramafenster auf die Altstadt. In Stiefel, die sie sichtlich gerne trägt, ja in Kleidungsstücke generell könnte sie gelegentlich auch etwas investieren, denke ich. Oder in einen Friseurbesuch.

Ich schwebe durch die Räume, rede mit allen und habe sogar die Kraft, Ingrid in die Augen zu schauen und mir ihre Entschuldigung anzuhören: Hätte ich gestern Abend nur einige Sekunden gewartet, wäre sie selbstverständlich mit mir mitgegangen, immerhin hätte sie ja den Abend mit mir begonnen. So ein Quatsch!

Ich sage nicht: „Du bist ein blödes Luder, wenn du dich nicht entscheiden kannst, mit wem du ausgehst", sondern ich sage: „Mir war gestern Abend schon übel, als ich das Essen in dem Restaurant nur ansah, ich musste sofort gehen und wollte nicht, dass du in Entscheidungsschwierigkeiten kommst, ich hatte keine Lust mit fremden Leuten zu reden."

Ich spreche sie von jeder Schuld frei und schwöre mir, sie nie mehr zu treffen. Nach eineinhalb Stunden gehe ich wieder. Eine der Gäste bietet mir an, mich nach Haus zu bringen. Lesbe, Finanzprüferin bei der Kommission, ein trockener, unparteiischer Typ, das Gegenteil von Ingrid und ihrem Klon. Im Auto tauschen wir für alle Fälle Adressen aus.

Zu Hause wütet das Kopfweh erst recht, und weil ich mich nicht geschont habe, steigert sich die Migräne in ein Stadium, das auch am nächsten Tag nicht abklingt. Ich bin zu nichts zu gebrauchen. Nicht, dass ich viel tun hätte wollen. Ich fahre zu einem Termin nach Gent, aber dieser Ausflug ist nicht von Erfolg gekrönt, immer noch Kopfschmerzen, Nackenschmerzen, immer noch Pilze, und plötzlich auch noch Nasenbluten, und der Himmel zieht zu, als ich dort ankomme.

Die Stadt liegt fast schwarzgrau vor mir, ich kann ihr nichts abgewinnen. Erst bei Einbruch der Dämmerung finde ich den einzig schönen Platz, von wo aus die Wehrtürme so mächtig wie in den Reiseprospekten emporragen. Mit Wolfram Czerny hätte es Sinn gemacht, hierher zu fahren, aber nicht allein. Er hätte mir sämtliche Kunstwerke, die die Habsburger hier zurückgelassen haben, erklärt, so wie er das bei einem kleinen Abstecher nach Brügge mit Leidenschaft getan hat.

Als ich am Abend nach Hause fahre, brennen mir Augen und Kehle, ich habe mir also am Samstag in Antwerpen, als ich so trotzig in der Kälte am Hafen stehen blieb, anstatt im Café einen weniger guten Sitz, nämlich einen ohne Aussicht zu ergattern, eine Erkältung geholt, und nun breitet sie sich aus. Ich bin am Tiefpunkt angelangt.

Was aber lese ich an meiner Haustür, von der Portiersfrau hingeklebt? Marc Beutel UNBEDINGT, Letzteres unterstrichen anrufen, wenn nicht im Büro, dann zu Hause. Die Nachricht versetzt mich in Aufruhr, zuerst in positivem Sinn, dann kommen sofort Ängste. Heißt „unbedingt", dass er mir den morgigen Termin beim Wirtschaftsabgeordneten im Parlament absagen möchte? Oder Schlimmeres wie, dass ich nicht bei ihm wohnen darf, weil die Exfreundin es nicht will. Es kostet mich Überwindung, nicht an das Letzte zu glauben. Ich fange sofort mit Tai-Chi an, um die dunklen Gedanken zu verscheuchen. Was wäre so tragisch, wenn ich nun doch woanders, bei Gundi zum Beispiel, im ÖGB gesponserten Eichinger-Knechtl-Loft wohnen müsste? Das würde nur bedeuten, dass er seine Ex-Freundin immer noch liebt. Damit hat er sich ohnehin gegen mich entschieden, also warum sollte ich dann überhaupt bei ihm bleiben wollen, unter einer solchen Voraussetzung?

Ich beginne, mir vorzubeten, „ich bin immer zur richtigen Zeit am richtigen Ort und mache mit Erfolg genau das Richtige". Ich sage es, einmal, zweimal, dreimal, plötzlich läutet das Telefon. Es ist der Beutel, und keine Spur von Absage. Er ist aufgekratzt und fragt: „Na, in welchen Betten hast du das Wochenende verbracht?“

Eine in Brüssel sichtlich übliche Frage.

„Ich habe schreckliche Migräne“, weiche ich aus.

„Dann muss es besonders wild gewesen sein, ich schätze bis fünf Uhr morgens?“

Ich schweige zustimmend.

„Was kann man bis dahin nur tun“, fragt er. „Entweder Disco oder...“

„Disco“, schwindle ich, „aber mir hat niemand gefallen, die Gundi wollte mich dauernd verkuppeln und es hat nicht funktioniert.“

„Echt?“

„Ich bin halt nicht so leicht zu haben“, motze ich.

„Na komm, so ernst meine ich das gar nicht, du musst es richtig köcheln lassen.“

„Eben, da braucht man mehrere Abende dazu.“

„Ja, es kann sich auch an einem einzigen Abend aufschaukeln.“

„Es war nicht die Richtige dazu da.“

„Du brauchst das richtige Timing zwischen auf und ab, weißt...“

„Spiels mir das nächste Mal vor“, sage ich resigniert.

Kein Wort von der Ex-Freundin, aber sehr anlassig zu mir. Es wird ein aufgekratztes, erotisches Gespräch. Er hätte in Köln eine Frau kennen gelernt, die würde ihre Diplomarbeit über Fetischismus schreiben. „Apropos Fetisch...“, ruft er glücklich aus. Er ist heute Abend wie ein Junge der Schulferien hat, Köln hat ihn komplett verändert, entweder war dort die totale Schlappe, so dass er endlich zu mir überläuft oder er hat so viel Sex gehabt, dass er noch mehr davon will. „... Da hab ich ein Buch von der Gundi übrigens geschenkt bekommen mit lauter Photos..."

„Ich dachte, die Gundi mag dich nicht."

„Damals hat sie mich noch mögen."

Und dann beschreibt er mir die Bilder des Fetischbuches, und ich merke dass ich urgeil werde, ich merke einmal mehr, wie sehr er mich anzieht, auch am Telefon. Ich wünsche mir in diesem Augenblick nichts sehnlicher, als ihn endlich zu berühren, zu streicheln, diesen schlanken, feinen Körper, der so beweglich und selbstverliebt ist. Dieser Mann wirkt sanft, harmoniesüchtig, und ist doch verderbt, durch die Klosterschule wie ich, sexgeil und doch sentimental. Schwärmerischer Blick, aber zynisch zuckendes Lächeln um den Mund.

Mir fällt ein, dass wir uns schon zehn Tage nicht gesehen haben, das letzte Mal vorigen Sonntag, als wir bei schneidender Kälte das Afrikamuseum besichtigten. Ich hatte mir sogar einen Strumpfhalter angezogen unter der Hose, für den Fall der Fälle. Aber nichts passierte, wir haben uns lang über Beziehungen und Sex unterhalten, als wir in einem Lokal zu Mittag aßen, aber diese Gespräche sind halt auch nur ein Ersatz. Liebend gern habe ich mir währenddessen die geschwungenen Furchen um seine Mundwinkel angeschaut, und manchmal fixierte auch er mich mit seinen Bernsteinaugen, der Blick hätte eine Aufforderung sein können, aber die habe ich dann nicht verstanden

Jetzt liest er mir am Telefon immer länger und ausgiebiger aus dem Buch vor, das heißt, er beschreibt die Bilder der halbnackten Fetischfrauen, und mir wird heiß. Ich wechsle das Thema, doch bald kommen wir wieder auf das Buch zu sprechen. Ich lege mich auf den Boden und fange an, mich zu streicheln. Arg, was nun passiert, denn zwischen uns beiden ist an und für sich nichts. Dennoch liege ich da und wichse, und weiß nicht, ob ich ihm das zu verstehen geben soll, durch ausgedehntes Stöhnen zum Beispiel, oder lieber für mich allein genießen.

Und er redet und redet. Er ist zu einem endlosen Monolog über Latexmieder, Lederhöschen, Plastikschuhe und Regenpellerinen über nackten Frauenbrüsten aufgebrochen. Er scheint es auch nicht befremdend zu finden, dass er so lange sprechen darf, ohne dass ich auch nur einen Laut von mir gebe, außer ein gelegentliches, etwas ersticktes Hmmm. Oder weiß er, was bei mir abläuft, will er, dass ich es kriege, will er mir nur recht viel Zeit geben?

Als ich zu meinem Orgasmus komme, keuche ich, aber nicht in den Hörer hinein, nein in ein Kleidungsstück, das neben mir liegt, und dann reibe ich mich weiter. Denke, ich will es noch einmal haben, und er soll es diesmal wissen, und so gebe ich gezielte, sehr dunkle, sehr ausgelieferte Seufzer von mir, während er immer noch redet. Dann ist es mir zum zweiten Mal gekommen, und er hört plötzlich mit seinen Aufzählungen auf.

Ich habe meine Stimme wieder gesammelt und sage forsch zu ihm: „Du, danke Marc, das war ja fast schon richtiger Telefonsex."

Auch er ist wieder gefasst und meint lachend: „Ja, rufen Sie nur bei Marc Beutel an, wenn sie Hilfe zur Selbsthilfe brauchen."

Ich denke, er hat endlich begriffen, dass uns nicht mehr viel Zeit bleibt.

Der nächste Tag bedeutet Stress ohne Ende. Ich bin nun wirklich vergrippt, habe vor Atemnot kaum geschlafen, glaube, dass ich Fieber habe und muss um halb zehn im Parlament sein, noch dazu sexy angezogen, nicht für den Abgeordneten, sondern für seinen Assistenten Beutel. Für die zehn Minuten, die ich Marc sehe, habe ich beschlossen, so geil wie möglich auszusehen. Der Fetischstunde am Telefon entsprechend mit Plastikshort und einem Top wie nassglänzendes Cellophan auf der bloßen Haut. Darüber den Dries-van-Noten-Gehrock, samtig aussehend, aber eigentlich beschichtetes Kunstmaterial, damit ebenfalls fetischiert.

Und noch im Schlaf sage ich mir: „Nein, ich will das alles nicht, ich bin fieberkrank, ich will einen warmen Pullover und eine lange Hose anziehen, nachher muss ich doch auch noch zu Mediadesk, bei Sturm und Regen, danach Mittagessen mit der Equipe des Wiener Wirtschaftsbundes, weil dessen Präsidentin nun doch das schlechte Gewissen packte, mich als Repräsentantin der Wiener Industrie nicht gebührend empfangen zu haben. Nein, ich will wegen dem blöden Marc Beutel nicht frieren. Nach all diesen Terminen bin ich vermutlich ohnehin tot."

Aber kaum bin ich wach, eine halbe Stunde vor meiner Zeit, weil ich mir noch die Haare waschen muss und keinen Föhn habe (keinen Föhn in Grippezeiten! Alles ist gegen mich!), geht es schon los. Ich ziehe Shorts an und gnadenlos das dünne T-Shirt über die nackte Haut, ich laufe leicht bekleidet in die Kälte hinaus und kann vor verstopfter Nase nicht atmen, im Taxi ist es stickig, und als ich zu spät wie immer zum Parlament komme, wartet der Beutel schon vor dem Eingang und sieht meine Kleidung gar nicht, weil ich die Windjacke darüber trage. Dann muss ich mich schnäuzen und bitte ihn zu kontrollieren, ob der Lippenstift immer noch sitzt, für den Termin mit dem Delegierten. Ja, sagt er, aber er entdeckt einen schwarzen Punkt an meinen Lippen, Rotz, wie unendlich peinlich.

Verunsichert gehe ich neben ihm die Treppe hinauf, der Abgeordnete ist noch im Konferenzraum bei einer Abstimmung. Marc und ich warten in seinem Büro. Das hat schon etwas Herausforderndes, weil ich die Windjacke jetzt ausgezogen habe, die Short blinzelt unter dem Gehrock hervor. Das viele Plastik an mir sollte dem Beutel doch zu denken geben, nämlich, dass ich seine elendslangen Fetischerzählungen gestern Nacht ernst genommen habe. Er traut sich aber nicht zwischen meine Beine zu schauen. Er selbst trägt wie immer einen anthrazitfarbenen Rolli, vielleicht ein bisschen zu viel Understatement, meiner Meinung nach.

Statt einander anzuschmachten machen wir anlassgebunden Witzchen über die Parlamentarier, kichern und lachen wie die Kinder. Und als er sich endlich begeistert über meine Kleidung auslässt, die Handschrift von Dries van Noten hat er sofort erkannt, klingt es mehr kumpelhaft als von Gier aufgeladen. Immerhin werden unsere Kommentare von explosionsartigen Lachschüben begleitet, Vorboten von Fleischeslust, und seine Augen flattern ununterbrochen.

Dies war der Montagmorgen. Aber den Hauptausschlag für meine heutige gute Laune hat vielleicht doch die kleine Hella gegeben. Ich habe sie in meinem letzten Mail gefragt: „Wie geht es denn der Liebe, kommst du mit Christina voran?“ Wohl wissend, dass sie mit dieser nie im Leben voran- oder zusammenkommen wird, aber ich wollte etwas über ihren Gefühlszustand Christina gegenüber erfahren, ob sie immer noch in sie verliebt ist, oder sie schon aufgegeben hat. Immerhin waren meine Mails manchmal ganz schön auffordernd, zum Teil zärtlich erotisch, fast anlassig gewesen, und ich habe meine Sehnsucht nach ihr nach und nach entblößt. Sie stieg hie und da auf meinen Ton ein, auf zweischneidige, uneindeutige Weise.

Als ich etwas beschwipst vom Mittagessen mit der Präsidentin des Wiener Wirtschaftsbundes und ihren Sekretären ins Büro zurückkomme, finde ich ein verzweifeltes Mail von Hella vor. Es ginge ihr elend mit Christina, sie wisse nicht, wieso sie ihr nicht aus dem Kopf gehe, und was sie tun soll, um sie zu vergessen usf. Geht die Leier schon wieder. Da platzt mir endgültig der Kragen. Ermutigt durch den Alkoholkonsum und nicht mehr darauf aus, sie zu besitzen, schreibe ich ihr kühl: „Welche Genugtuung ziehst du daraus, einer Frau nachzurennen, die sich nichts aus dir macht? Geh doch davon aus, dass Christina dich nicht liebt, vielleicht liebt sie ja jemanden anderen."

Nachher habe ich doch Zweifel, ob ich nicht zu hart gewesen bin. Hoffentlich tut sie sich nichts an. Ich schlafe schon schlecht wegen dieser kleinen Hella, die sich seit Monaten verzweifelt an meiner Ex-Liebe die Zähne ausbeißt. Am nächsten Tag aber die Antwort von ihr: „Danke, du, vielen Dank, die Wahrheit ist tatsächlich hart und ich komme schier um dabei, aber du hast mir die Augen geöffnet, warum war Christina so feige und hat es mir nicht selber gesagt. Ich muss ein Volltrottel gewesen sein, unter diesen Umständen ist es wohl besser, ich lasse das Ganze."

Wer's glaubt! Vermutlich schreibt sie das, um mich bei der Stange zu halten, denn wer sonst außer mir hört sich ihre Leidensgeschichten an. Wer sonst außer mir kennt Christina so gut, dass sie jede Frage über sie beantworten könnte. Ich sage „könnte“, denn natürlich gebe ich nicht alles über sie preis, zum Beispiel nicht, dass Christina vor Weihnachten zu mir sagte: „Bitte nimm doch du dir die kleine Hella, dass einmal Ruh ist, mir geht sie schon so auf die Nerven.“ Als ich der Aufforderung Folge leistete, tobte Christina.

„Musst gerade du dir mit Hella, die bis jetzt mir den Hof gemacht hat, etwas anfangen? Kannst du denn nicht woanders jagen gehen?“

„Du bist eh nicht an ihr interessiert.“

„Stimmt, bin ich nicht.“

„Dann lass sie mir.“

„Nein, das geht auch nicht. Das ist doch wirklich taktlos mir gegenüber. Wie stellst du dir das vor, da kommt sie zu mir ins Büro und weint mich an, danach geht sie nahtlos zu dir weiter?“ Und so fort.

Ich glaube nicht, dass Hella sich so schnell von Christina abnabeln kann. Dennoch liegt der Gedanke nicht fern, dass sie bald zu haben sein wird. Eine Hoffnung, die ich nicht einmal vor mir selber laut ausspreche, die nur an meiner guten Laune zu erahnen ist.

Am Abend bei Wolfram Czerny zum Abendessen geladen. Wir haben beide höchst unterschiedliche Interessen und Lebensanschauungen. Schon allein, dass er in Brüssel die ÖVP vertritt, passt nicht zu mir. Auch dass Kunst sich für ihn in den Sammlungen europäischer Herrschaftshäuser erschöpft, und sein Musikgeschmack gerade noch die Ära Bruckners gelten lässt, geht mir gegen den Strich. Seine Wohnung ist mit Antiquitäten vollgeladen, inklusive der Schwertersammlung eines österreichischen Erzherzogs, er ist so schrecklich „comme il faut“, dem guten Ton hinterhereilend und monarchistisch.

Dem Kulturleben, wie ich es verstehe, kann er nichts abgewinnen, aber er ist schwul, das bringt eine gewisse Doppelbödigkeit in sein glattes, gesichertes Diplomatenleben, und es eint uns. Ich habe ihn vor Jahren in Dublin kennen gelernt, unter anderen Auslandsösterreichern, ich war damals noch „stockhetero“, wie man so sagt, und bekam auch von seinen Neigungen nichts mit. Lesbische Lebensentwürfe bestimmten mein Dasein erst später. Als ich hier in Brüssel meinen ersten beruflichen Termin mit ihm hatte, war er über mich offenbar schon informiert worden.

„Sie gehören ja auch zur *family*“, sagte er nach den ersten fünf Gesprächsminuten verschwörerisch und meinte damit die weltweite schwullesbische Gemeinschaft, wobei das Wort „Gemeinschaft“ eher frommer Wunsch als handfeste Realität ist. „Mein Freund Heinrich von der ‚queer initiative of Brussels‘ hat mich über Sie unterrichtet“, redete er weiter. „In einem solchen Fall können wir ja ‚du‘ zueinander sagen.“ Und er schüttelte mir heftig die Hand.

Meine gelegentlichen heterosexuellen Entgleisungen ignoriert Wolfram, und ich finde seine Schrulligkeiten liebenswert, weil er sein Herz für mich geöffnet hat. Bescheiden höre ich mir seine Vorträge über Kunstschätze an, wie eine Schülerin sitze ich da und frage mich zum x-ten Mal, warum mir so viel daran liegt, ein solches Verhältnis auszukosten und mich nicht zurückzuziehen.

Denn, was kann ich ihm von mir schon erzählen? Seine Vorstellung von Frauen ist etwas weltfremd, vielleicht der Belle Epoque zuzuordnen. Dass ich auf eine fünfzehn Jahre jüngere Jurastudentin in Wien stehe, die sich nach meiner Ex-Freundin verzehrt, ist hier in Brüssel ohne jeden

Aktualitätswert. Die Ingrid Laushammer kennt er und meint lachend, in Unkenntnis der letzten Ereignisse, ihr zwei würdet doch gut zusammenpassen. Worauf ich zähneknirschend schweige. Dass ich derzeit den Marc Beutel im Visier habe, kann ich ihm schon gar nicht anvertrauen.

„Du gehst doch auch auf den Wienball", sagt er auf einmal bedeutungsschwanger, als hätte er meine Gedanken gelesen. „Und zwar mit dem Marc Beutel, wie ich gehört habe."

„Wo hast du denn das her?"

„Ja also, das spricht sich doch alles herum, meine Liebe."

„Hm."

„Mit ist das sehr peinlich", druckst er jetzt herum, „aber ursprünglich wollte ich dich an unserem Tisch haben. An dem sitzen ich mit meinem Olivio, die Gundi und ihre Freundin, der Heinrich, auch in Begleitung, und du würdest an und für sich zu uns gehören, zur *family* quasi, aber nicht mit dem Beutel. Leider. Denn, versteh mich nicht falsch, nicht weil der bei einem roten Delegierten arbeitet, sondern er ist schlicht und einfach heterosexuell."

Verstehe, denke ich. Dem Herrn Handelsdelegierten wäre die Couleur sogar egal, und auch die Herkunft, aber was Marc Beutel auf dem Wienball in Brüssel zur Mesalliance macht, ist, dass er, wie so viele Männer, Frauen liebt.

„Macht nichts, Wolfram", sage ich. „Man sitzt doch auf einem solchen Ball eh kaum, sondern tanzt vorwiegend."

„Bist nicht bös, oder?"

„Ich bin nicht bös."

Um elf Uhr komme ich nach Hause und denke an Hella, in einer Leichtigkeit, die nichts Süchtiges an sich hat, nur, dass es ihr, aufgrund meines letzten Mails schlecht gehen könnte. So greife ich zum Hörer und wähle ihre Nummer, breche das Tabu des Schweigens, das ich mir selbst auferlegt habe, als sie sich vor Weihnachten so verräterisch verhalten hat, aus meinem Bett gestürzt und zu Christina gelaufen, um ihr brühwarm alles zu erzählen und sie um Verzeihung zu bitten, weil sie mit mir beinahe geschlafen hätte.

Aber nun kann ich nicht anders, in ihrem letzten Mail hat sie mir ihre Telefonnummer angegeben. Vielleicht heißt das, sie braucht Hilfe, und so wähle ich diese Nummer. Sie ist zu Hause. Sie ist dermaßen überrascht, dass ihr die Worte im Hals stecken bleiben, dann Freudensausrufe ohne Ende, dann will sie mich sofort zurückrufen, damit ich das Gespräch nicht bezahlen muss. Es ist so lange her, dass ich ihre Stimme gehört habe. Ich kann damit nichts mehr assoziieren, keine leidenschaftliche Gier nach ihr, nach ihren Berührungen, keinen Durst nach ihrem Körper. Ich bin weder geil auf sie, noch verliebt, noch mich nach ihr verzehrend, noch will ich sie um jeden Preis haben.

Und sie klingt trotz ihres Liebesschmerzes wegen Christina aufgekratzt, lebendig, kein bisschen jammrig. Sie stellt Fragen über Fragen, was ich in Brüssel so treibe, und ich erzähle von Discos, Frauen, Wienball und Kleidergeschäften. Dann sagt sie, wie froh sie über meinen Brief wäre, so dankbar, dass ihr endlich einmal jemand die Wahrheit gesagt habe, ja, ich wäre einfach ein supertoller Mensch, der einzige, auf den sie sich im Moment verlassen könne.

Ich sollte etwas gelassener und abgebrühter mit solchen Komplimenten umgehen, stattdessen wird mir weich ums Herz.

„Deine Mails haben mich über Wasser gehalten“, sagt sie in ihrer jugendlichen Dramatik. „Sonst hätte ich mir längst die Kugel gegeben. Aber so habe ich mir immer gedacht, vorher schreibst du ihr noch ein Mail.“

Berührend sind diese Worte. Mir fällt es schwer, zu glauben, dass ich durch unseren Schriftverkehr eine solche Bedeutung für sie erlangt habe. Ich lenke ab und erzähle ihr, dass ich mir auch jetzt noch Ballschuhe gekauft habe, beschreibe diese und sie, schwärmerisch: „Du bist eine Genießerin, gelt?“ In ihrer Stimme schwingt Zuneigung. „Du hast so ein liebes Lachen“, redet sie weiter. „Weißt du, dass du mir schon richtig abgehst?“

„Ich glaub dir das nicht ganz“, sage ich skeptisch.

„Doch, du bist mir so vertraut, ich weiß gar nicht, was das bedeuten soll...“

Dass du jemanden brauchst, bei der du dich ausweinst, sollte ich antworten, aber ich kann es nicht. Sie ist ja noch so jung. Ein Baby, quasi.

Nach diesem Gespräch, das eine ganze Stunde gedauert hat, bin ich so verwirrt, dass ich Wasser aufsetze, obwohl ich kaltes trinken wollte.

Am nächsten Tag Kino mit Marc, davor wieder ein Anruf von Hella: „Natürlich will ich jetzt täglich mit dir sprechen, jetzt, wo ich deine Nummer habe“, ruft sie. Und in mir erwacht Panik, vereinnahmt zu werden, von diesem unmotiviert entflammten Interesse ihrerseits.

Mit Marc also im Kino, nachher zeigt er mir eine Jugendstilbar. Ich finde ihn wieder einmal ziemlich anziehend und sinnlich, wir erzählen einander wieder unsere Sexgeschichten. Er scheint darauf zu stehen, arschgefickt werden. Diese Vorliebe ist ihm noch von seiner Schulzeit im Lambacher Internat geblieben. Und ich nehme mir vor, einen kleinen Abstecher in die Gegend des Nordbahnhofes zu machen, um ein einschlägiges, umschnallbares Utensil zu erstehen, denn meine Tools habe ich in Wien gelassen. Wer rechnet denn auch mit so etwas hier in Brüssel?

Sein Gesicht ist nahe und seine Züge wirken weich, aber er schaut immer wieder weg. In der Bar wird Schmusemusik gespielt. Ich traue mich nicht, eine auffordernde Geste zu machen. Wieder verabschieden wir uns mit einem Kuss auf die Wangen. Ab Sonntagabend wohne ich bei ihm, denke ich, da habe ich noch Gelegenheit genug, es endlich so weit kommen zu lassen. Wie das gehen soll, dafür habe ich kein Rezept.

Mitten in der Nacht läutet das Telefon. Hella. Zwei Stunden sprechen wir auf ihre Kosten.

„Es ist merkwürdig, aber du gehst mir ab", sagt sie wieder.

„Warum sollte das auf einmal so sein?"

„Ich weiß auch nicht, ich fühle mich dir so nahe, kennst du den Ausdruck ‚die Chemie stimmt'"?

Na das!, denke ich. Damit kommst du mir jetzt? Das habe ich dir schon vor Weihnachten erklären wollen, dieses seltene Phänomen zwischen uns. Es sollte doch in all meinen Mails zu lesen gewesen sein. Das war doch klar, als du zum ersten Mal in meiner Wohnung warst und meine Heizung reparieren wolltest, und ich fast ohnmächtig geworden bin vor Verlangen. Allein die Art, wie du den Schraubenzieher in die Trussardi Jeans gesteckt hast, brachte mich fast zum Orgasmus. Ganz zu schweigen von der Massage, die du mir nach misslungener Heizungsreparatur angeboten hast, weil ich Nackenschmerzen hatte. Ich nahm dieses Angebot an, obwohl du mein Hirn mit deinen Erzählungen von deiner nicht erhörten Liebe zu Christina zugekleistert hast und die Nackenschmerzen wahrscheinlich mit dir zu tun hatten, mit meinem Entsetzen darüber, dass ich dich zu begehren begann, obwohl du nicht einmal frei warst, aber trotzdem verfügbar und anfassbar schienst.

Und reden wir nicht auch davon, dass deine Massage höchstens fünf Minuten währte, dann schlangst du die Arme um mich und trugst mich ins Schlafzimmer, weil die „Chemie zwischen uns stimmte", die totale Übereinstimmung zwischen zwei Körpern, die kaum je jemand zusammenbringt. Allein mit der Berührung deiner Hände hast du eine völlige Verschmelzung zwischen uns erreicht, du hast einen *Touch*, auf den mein Körper anspringt. Und jetzt willst auch du das endlich kapiert haben? Ich kann es nicht glauben!

Laut aber sage ich: „Erklär mir das."

„Da musst du mir zuerst auch etwas erklären. Schreibst du allen Leuten solche Mails?"

Ich halte den Atem an. Sie will, dass ich ihr eine Liebeserklärung mache. Vorsicht ist angebracht.

„Nein", antworte ich schlau, „nur wenn die Chemie stimmt."

Eine aufgeregte, wunderbar weiche Stimmung macht sich zwischen uns ob dieser Enthüllungen breit. Auch wenn sie über ihre Gefühle zu mir wieder nur ausweichende Antworten gibt, stattdessen meine analysiert. Sie hätte sich anfänglich über meine Mails nur so gewundert, die kleinen Anzüglichkeiten, die Anspielungen auf ihren Körper, die kaum verdeckte Leidenschaft. Die Fakten lügen einfach nicht, sagt sie, nun ganz Juristin, es wäre ja alles dokumentiert, auch durch die Uhrzeit. Wenn man jemanden noch um ein Uhr Nachts vom Büro aus ein Mail schickt...! Dann erst die Worte, die ich verwendet habe! Sie liest sie mir Passagen vor, die ich längst vergessen habe, die sie aber wieder und wieder gelesen hat. Da ist kein Irrtum mehr möglich.

„Okay", sage ich lachend und etwas verlegen, „ich habe nichts zu verbergen, ich steh auf dich."

Dichtes Schweigen herrscht in der Leitung. Ich fühl mich in meiner Zuneigung nicht etwa geschwächt, sondern im Gegenteil unbesiegbar.

„Weiß das Christina?", fragt sie.

„Weiß sie was?"

„Dass du *einen Stand* auf mich hast?"

„Ist das jetzt ein Tiroler Fachausdruck für die Liebe? ‚*Einen Stand* auf jemanden haben'?"

Wir lachen.

„Also weiß sie es?", wiederholt sie.

„Ja", sage ich, mit belegter Stimme. „Ja, das hab ich ihr schon zu Weihnachten gesagt."

„Und sie?"

„Nur zu!"

„Aha, das erleichtert mir die Aufgabe", sagt sie. Sie klingt nun doch etwas gedämpft, als sie hört, dass Christina sie an mich weitergeben wollte, zu Weihnachten schon. Dann will sie wissen, warum ich ihr meine Gefühle nicht früher offenbarte.

„Warum soll ich so etwas zugeben, wenn du eine andere Frau liebst?"

„Na und? Dann sagst du eben „ich aber liebe dich."

„Es gibt ja ohnehin die Mails. In denen steht es zwischen den Zeilen."

„Das hätte ich mir nie gedacht, dass eine Frau wie du, sich für einen kleinen Hupfer wie mich interessiert."

„Ich mir auch nicht."

Und wir lachen beide, ihr herzliches, aufmunterndes Lachen erinnert an Gletscherluft und Almen.

„Wenn du auf mich stehst, dann komm sofort nach Wien,

nimm den nächsten Flieger."

„Das geht doch nicht".

„Doch, ich halte es jetzt gar nicht mehr aus, komm her!"

Dunkle, übermächtige Getriebenheit, ja verrückte besitzergreifende Gier klingen durch diese Worte hindurch. Die macht mir Angst, ist gleichzeitig aufregend, anmachend.

„Jetzt wirst du noch eine Woche warten können."

„Wenn du mir das zwei Stunden früher gesagt hättest..."

„Was wäre dann gewesen?"

„Hätte ich die nächste Maschine nach Brüssel genommen."

Nur ja nicht, denke ich, das nächste Wochenende gehört Marc und dem Wienball.

„Weißt du, dass ich mir am Anfang meines Aufenthaltes gewünscht hätte, dass du kommst?", sage ich, um abzulenken. „Welche Macht Wünsche doch haben. Dieser hier wäre beinahe in Erfüllung gegangen."

„Aber nur, wenn Wünsche auf Gegenseitigkeit beruhen."

So flöten wir uns gegenseitig an, und ich spreche mit ihr, als würde sie längst mir gehören, dabei ist das erst der Anfang.

Sie: „Wie dumm von mir, damals, einfach Reißaus zu nehmen, wenn ich mit einer so schönen Frau wie mit dir im Bett liege. Das wird nie wieder vorkommen."

Sie fragt auf einmal mit einer unerwartet dunkel schweren Stimme, welche Kleidung ich trage. Sie die kleine Hella, die von ihrer Sexualität angeblich nichts wissen will, sondern diese fast unbewusst und wider das bessere Wissen ihres Intellekts lebt.

„Ein schwarzes Kleid, eng und kurz", schwindle ich.

„Wie kurz?"

„Sehr kurz. Es hört unter dem Hintern auf, wenn ich mich setze."

„Und was darunter?“

„Einen Slip.“

„Wie schaut der aus?“

„Durchsichtig, schwarz, Spitze“, sage ich langsam. „,... und Strümpfe, schwarze, weißt du, solche die von selbst halten, mit einem Band aus Spitze.“

Ich höre, wie sie aufseufzt, dann ist sie ein paar Sekunden lang still.

„Eine richtige Frau“, sagt sie dann leise.

„Ja“, hauche ich.

Ich bin versucht aufzulachen, über uns beide. Weil wir so tun als ob. Ich, als wäre ich die immer bereite Femme Fatale, als wäre sie der jederzeit an schlüpfrigen Geschichten interessierte Galan.

„Was machst du jetzt?“, fragt sie mit belegter Stimme.

„Ich streichle mich“, sage ich.

„Ich bitte dich, hör auf“, ruft sie aus, denn nun wird es ihr doch zu viel, dass sie sich auf das Glatteis der Telefonerotik begeben hat. „Für wen hältst du mich?“

„Du warst es doch, die mich gefragt hat, was ich trage.“

Pause, in die die Sekunden tropfen.

„Ich glaub, wir müssen jetzt aufhören“, sage ich.

„Hast du es denn schon so eilig? Was wirst du jetzt machen, wenn du aufgelegt hast.“

„Das weiß ich noch nicht“, flüstere ich unentschlossen.

„Doch du weißt es. Mach es dir lieber jetzt gleich“, befiehlt sie.

„Nein“, rufe ich scheinbar entrüstet.

„Doch, komm ich möchte dich hören, bitte.“

„Ich weiß nicht, ob ich soll...“

„Du sollst, bitte, komm, ich warte darauf.“

Ich lege mich auf den Boden und lasse den Finger zwischen

die Schamlippen gleiten, wie von selbst wird er von ihnen hineingezogen, weil sie nass sind und die Rutschbewegung noch mehr aufgeilt, noch mehr Nässe verursacht. Ich keuche vorsichtig und langsam, leise in den Hörer, damit die Stimmung nur ja richtig ankommt bei ihr, und dann erzähle ich, was ich gerade mache, sage leise liebe Worte, etwa wie sehr sie mich erregt, dass ich immer feucht bin, wenn ich mit ihr telefoniere, all diese Unsinnigkeiten der Liebenden, die wir ja noch gar nicht sind, und ich frage sie, was sie mit mir machen würde, wenn sie mich in diesem, angeblich schwarzen, kurzen Kleid sieht. Sie ist in der Sprache des Eros noch nicht versiert, die Bilder, die ihr einfallen, sind brav und keusch. Sie sagt, sie würde die Hand in meinen Nacken legen. Das ist noch nicht sehr antörnend, finde ich.

„Würdest du mir nicht das Kleid hochschieben, um die warme, nackte Haut beim Ansatz der Strümpfe zu spüren?", frage ich listig.

„Ich würde oben beginnen", stammelt sie. Oje, das muss ich ihr noch lernen. Man fängt doch unten damit an, ein Kleid hochzuschieben. Um sie aber nicht zu verunsichern, keuche ich immer deutlicher und lauter, als wäre jedes Wort nun von unabwendbarer Dringlichkeit.

„Hella, würdest du mich küssen?"

„Ja."

„Wohin?"

„In den Nacken."

„Und?"

„Auf die Lippen."

„Und?"

Ich weiß, dass jedes dieser Worte sie etwas kostet, wie Goldmünzen, die mir auf einen Tisch gezählt werden.

„Auf die Brust", stöhnt sie jetzt wie unter größter

Anstrengung.

Und in diesem Moment kommt es mir. Ich keuche los und flüstere ihren Namen. Sie, nun mutiger geworden, hastig und schnell: „Fahr dir noch einmal hinein, tief hinein", ich folgsam: „Ja", und dann ist es vorbei.

Ich schmiege mich an den Hörer und gestehe ihr, dass ich mich am liebsten in ihre Arme rollen wollte. Sie ist stumm vor Staunen über die eben vollbrachte Lustübung. Sie sagt mit erstickter Stimme: „Du, ich habe eine solche wahnsinnige Angst, von dir verlassen zu werden."

„Mir geht es genauso", erwidere ich gerührt.

Ich möchte mich endlich bei einer Frau ganz fallen lassen, endlich Vertrauen haben. Das und Ähnliches teile ich ihr mit.

Bald haben wir zwei Stunden miteinander telefoniert. Sie raucht eine letzte Zigarette, bevor sie mich „gehen lässt", wie sie sagt.

„Hast du dir schon überlegt, worauf du dich einlässt mit mir?", fragt sie zum Abschied.

„Nein", sage ich cool.

Worauf wir wieder herzlich lachen.

Und dann verspricht sie, dass sie mich wieder anrufen wird, am Sonntag nach dem Ball.

So stehen die Dinge nun. Ein Wunder ist geschehen. Man weiß nicht, ob mir diese Frau gut tun wird, aber jetzt hat sie einmal angebissen.

Nun bin ich wieder fiebrig nach ihren Berührungen, die ich vor zwei Monaten nur kurz erlebt habe, und kann das Widersehen kaum erwarten. Vermutlich bin ich fürchterlich verliebt, so stellt sich die Lage an diesem Mittwochnachmittag auf der Caféterrasse vor den Halles de Gery zumindest dar.

Epilog

Wie aber geht es weiter? Wie endet dieser Aufenthalt, bevor ich in das Flugzeug steige, in die Arme der neuen Frauenliebe?

Dazu nur kurz: Der Wienball wird ein voller Erfolg. Für mich zumindest. Das goldlederne Vivienne Westwood-Jäckchen ist DIE Ballsensation. Erstens, weil ich es bei fast allen, die mich kennen, längst angekündigt, und damit Werbung für mich und mein Erscheinen gemacht habe. Der Beutel, Assistent des Wirtschaftsabgeordneten, der Wolfram Czerny, Handelsdelegierter, Heinrich Meissner von der „queer initiative", die ÖGB-Gundi mit ihrer Tänzerin und auch die Präsidentin des Wiener Wirtschaftsbundes plus Sekretäre sind informiert. Sie defilieren neugierig an mir und meiner goldenen Pracht vorbei, Entzückensrufe ausstoßend. Das heißt, nein, der Marc Beutel defiliert nicht, der hält mich ja als seine Partnerin am Arm. Auch Leute, die ich nicht kenne, drehen sich um, weil das Jäckchen gar so schön glänzt, mit seiner eng geschnittenen Taille und weil es mit dem energisch aufgestellten Kragen und den prononcierten Rokoko Rockschößen alle anderen Roben in den Schatten stellt. Heiß ist es halt und ausziehen will ich es auch nicht, denn das Kleid darunter ist im Vergleich dazu ein Billigartikel gewesen. Ich bin auch nicht böse, dass wir für den Eröffnungswalzer zu spät dran sind, ich muss gar nicht so viel tanzen, denn die Schuhe zwicken, und der Achselschweiß hört nicht auf zu rinnen und versickert Gott sei Dank im Seidenfutter der Westwoodpracht.

Ich tanze also wenig, dafür ignoriere ich Wolfram Czernys Vorurteile gegenüber Heterosexuellen, und setze mich Arm in Arm mit dem Marc Beutel, der ausgesprochen glücklich dreinschaut ohne viel zu fragen an seinen Tisch, zu ihm und Gundi, Heinrich und Olivio.

Marc und ich haben uns nämlich einen Abend zuvor gefunden. Dies ist leicht, schnell und unspektakulär gewesen, und noch heute frage ich mich, warum ich um sexuelle Annäherungen im Vorfeld so viel Aufhebens mache. Ich kam mit drei Koffern und einer Reisetasche prall gefüllt mit neu erworbenen Kleidungsstücken in seinem winzigen Apartment an, und es passierte, als wir unter Lachen und Keuchen versuchten, sein Gästesofa für mich auszuziehen, ein Sofa, das breiter war als das Zimmer selbst. Wir stolperten über die Matratze und dann übereinander und das Weitere war nicht mehr aufzuhalten.

Wolfram Czernys Tischgenossen und Genossinnen sind so großzügig, uns nicht auf der Stelle wegzujagen, das wäre ja wohl noch schöner, und so bleibt auch dem Czerny nichts anderes mehr übrig, als milde entsetzt die Augen zu verdrehen und verlegen lächelnd mit uns anzustoßen.

Hella und die Liebe

Die Zurückweisung

Das luxuriöse Ambiente, der Barpianist, die feinen Speisen und schönen Gläser und ihr Bedürfnis, mir alles Gute zukommen zu lassen. Sie bestellt einen Bellini nach dem anderen für mich.

Sie sitzt mir gegenüber, nonchalant, vollkommenes Bild der galanten, sehr männlichen Frau, Inbegriff des Dandys mit ihren Seidentüchern und den schlanken Fingern, die sich bewegen wie Weidenzweige im Wind, die Zigarette halten, als gehörte dies zu einem alten, religiösen Ritual. All das stimmt mich milde und sehnsüchtig, gleichzeitig muss ich eine Grenze setzen, denn diese Frau, die ich so begehre, sagt mir kühl und selbstsicher, sie liebe immer noch die andere, nämlich Christina. Sie könne nicht anders, diese Gefühle wären stärker als sie. Sie könne nichts dagegen tun.

Sie wirkt damit in sich fest gefügt und verschlossen und überlegen, wie der Magnetstein im Meer in „Tausend und eine Nacht", ein kostbares Mineral und schön aber todbringend.

Ich versuche, die folgenden Minuten lachend und scherzend zu überbrücken, am liebsten würde ich zu weinen anfangen und mich an sie klammern, aber ich habe so viel Selbstdisziplin, dass ich aufstehe und auf die Toilette gehe, um diesen unheilvollen Bann zu brechen, sie in meiner Niederlage nicht trotzdem fasziniert anzuschauen, in ihre klaren, präzise geschnittenen, blauen Augen, in denen ich ein unerbittliches Streben nach Dingen, die ihnen fremd und verschlossen sind, zu lesen glaube.

Als wir uns draußen verabschieden, bin ich förmlich und

sie auch, wir sind beide eingefroren, erschüttert über die Härte der jeweils anderen.

Die Weigerung

Ich schaue dem Schneegestöber zu, die Wolken ziehen schnell dahin, und warte, und um vier Uhr läutet es an der Tür. So lange habe ich sie nicht gesehen. Sie erscheint mir noch schmaler, noch zarter, biegsamer, noch geschniegelter, als ich sie in Erinnerung habe, wie sie da lachend am Eingang steht.

Sie reicht mir einen Karton mit Mehlspeisen aus der „Aida", wie immer hat sie dreimal so viel gekauft als sie sollte. Obwohl ich schon Tassen und Teller gerichtet habe, laufe ich nun doch ziellos in der Küche herum, weil ich nicht weiß, wie ich die Torten (sie hat alles mitgenommen, was auch nur im entferntesten mit Joghurt zu tun hatte, weil ich dies geordert habe, Aprikosenjoghurt-, Erdbeer-, Maroni-, Topfenjoghurttorte, ich könnte sie schon deswegen abküssen, weil sie schlicht nicht auf das Geld schaut), wie ich also die Torten auf den Teller bringe, ohne dass sie auseinander fallen. Da fasst sie einfach mit der Hand in den Karton und hebt die Kuchenstücke heraus, und ich bin platt vor Bewunderung beim Anblick der schlanken Hand, der langen, feinen Finger, einer davon siegelberingt, des zierlichen Handgelenks, das aus der Hemdmanschette herausragt, als sie die Torten anfasst. Wieso kann ein Handgelenk eine solche erotische Wirkung haben, wie kann eine Hand sich so anmutig bewegen, wenn sie ein Stück Kuchen auf den Teller legt?

Dann setzt sie sich auf das Fensterbrett und schaut mich an.

Sie sitzt da in ihrem hellblauen Hemd. Ihre Ordentlichkeit, das Hemd glatt, ja faltenlos geplättet, die Haare ultrascharf messerschnittig kurz, sogar über den Ohren werden sie täglich nachrasiert, nur eine silberblonde Strähne hängt wie unabsichtlich in die Stirn. Also normal und konform, die adrette Tochter ihrer Mutter, die Vorzugsschülerin, doch als Kontrast dazu ihre heimliche Neigung für Frauen, die alle Angepasstheit über den Haufen wirft. Das Gesicht verrät ein Wesen, das sich manchmal spleenig in selbstgesuchter Tragik und Leid verzehrt. Resignierter Blick eines Asphaltcowboys, der in seinen eigenen Blues verliebt ist und mich heute mit wachsendem Interesse betrachtet.

Ich lasse diesen Blick nicht zu, sie soll sich doch bitte zu Tisch setzen. Sie sagt nein, sie könne nichts essen, sie würde keinen Bissen hinunterbringen.

Es dauert nicht lange und ich gehe zu ihr und lege die Arme um ihre Schultern, und dann bricht es wie eine Flutwelle über mir zusammen. Sie umarmt mich leidenschaftlich und küsst mich, was heißt „küsst", ihr Mund ist nichts anderes als eine nasse, warme, große Vagina, die sich an mich anlegt mit ihrer undifferenzierten Feuchtigkeit, ihren mollusken Weichteilen und ihrem Schlund, die mein Gesicht aufsaugt und dann wieder wegweicht und dann wieder kommt. Ihr Mund ist schwebende, leicht dahergleitende, verderbliche Gier, ihre Hände streichen wie automatisch sofort über meine Brüste, als ob sie austesten müssten, ob sie dürfen, ob nichts ihnen im Weg steht. Kein Widerstand meinerseits.

Dann drängt sie mich zum Schreibtisch und ist schon über mir, ich trage ein Kleid heute und ich schiebe die Schenkel an ihrem Bein hinauf, als sie an mich stößt und mich küsst, und ihre Lippen heiß zu meinem Hals gleiten.

Es ist ein ungeheurer Aufruhr, ich fahre so ab auf sie, dass mein Gesicht heiß wird vor Scham. Auf einmal hört sie auf. Sie weicht zurück, und ich richte mich auf und ich halte mich an ihr an, ich verstehe es nicht, ich bekomme es nicht einmal noch richtig mit, ich lehne an ihr und ich keuche leise, bebe Verlangen, ihre Hände halten meine heißen Ohren, meinen Hals, meine Wangen, mein Körper ist völlig außer sich geraten. Aber sie will nicht mehr, ich darf ihr Hemd nicht aufknöpfen, ich küsse ihre Brüste durch drei Schichten – Hemd und zwei T-Shirts – hindurch, aber sie hat sich wieder im Griff. Sie könne nicht, es geht nicht, sie könne sich nicht hingeben.

Lust

Sie rückt im Schlaf an mich. Auf dem Bauch liegend winkelt sie ihr Bein an und schiebt es imperativisch über meinen Hintern, oder sie drängt sich so an mich, dass ich in die Kissen gedrückt werde, und meine Schenkel von ihr auseinander geschoben. Ich stöhne auf vor Willfährigkeit, und diese Bewegung allein macht mich heiß, dieses Anlehnen, Andrücken von ihr, dieses Mich-öffnen mit der Bewegung ihres Schenkels im Tiefschlaf. Und am Morgen nehme ich sie in den Arm, ich streichle sie, sie schläft noch und ich taste mich zwischen ihre Schenkel. Ich weiß nicht, ob es mir gestattet ist, aber sie reagiert auf mich. Ihre schleimige Nässe schäumt mir entgegen, ja ich glaube zu spüren, dass sie mir die Finger hinaufkriecht, in die Zwischenräume, den Handrücken hinauf bis zum Handgelenk. Nur eine Phantasie von mir, aber keine Phantasie ist, dass sie fast sofort kommt. Es ist unabdingbar, unaufhaltbar, ihre nasse, rutschige, über und über alles benetzende Öffnung und die Enge, in die meine Finger eintauchen und das wilde Auf- und -niederwalzen ihres Körpers, wie heiße, harte Wellen. Und das Noch-enger-werden um meine Finger herum. Und ihr Aufstöhnen, ihr An-mich-anstoßen und das Loszucken der Muskeln, die meine Hand jetzt umschließen, all dies in ihrem Schlaf, also in einem Zustand, in dem sie über sich nichts weiß.

Vor der Abfahrt

„SO wirst du heute Abend im Zug fahren?

Er ist erst jetzt, in einer Pause des Gesprächs, auf meinen kurzen Rock und die schwarzen, dünnen Strümpfe aufmerksam geworden, streicht mir zärtlich mit der Hand über die hochgeschobenen Beine.

„Natürlich."

„Da wirst du aber nicht bis nach Wien kommen. Da nimmt dich schon vorher jemand mit."

„Ach so?"

Wir schauen einander an und lachen. So gleichgültig ist er mir doch wieder nicht, denke ich. Und nicht so zuwider, wie ich geglaubt habe. Ich find ihn richtig anziehend heute. Mag ihn.

Er zieht an seiner Zigarette und kneift die Augen und die Lippen dabei zu. Wir sitzen auf der Terrasse meiner Pariser Wohnung. Die Nachmittagssonne, die knapp über den Dächern schwebt, verschwindet langsam hinter weißem Dunst. Die Luft ist lau – zum ersten Mal in diesem Jahr. Leichter Wind streicht uns metallisch über die Wangen. Der Himmel spiegelt sich in seinen getönten Brillen.

„Und wie trete ich in Wien nur auf, damit ich kompetent wirke?", frage ich jetzt besorgt. Ich will mich dort um einen Forschungsauftrag bewerben.

„Na, so wie du bist."

Seine Augen rutschen zwischen meinen Schenkeln und Brüsten hin und her. „Das ist für die Kleinbürger dort immer noch kompetent genug."

„Du bist gemein. Du willst mich nur drücken."

„Gar nicht", ruft er entrüstet. „ÜBERHAUPT NICHT... ich

will doch nur sagen... hier hast du es doch auch geschafft, dir einen Namen zu machen, warum gerade dort nicht... es wird schon alles klappen."

Wir gehen gemeinsam noch einmal alles durch, was zu beachten ist. Das tut mir gut, diese Vertrautheit. Ich fühle mich geborgen. Schade, dass ich so aufgeregt bin wegen der Abreise und ob ich ja nichts vergessen habe. Genießen kann ich diesen Moment leider nicht mehr. Weder seine Aufmerksamkeit noch die warme Luft, die lange Helligkeit. Der Abend bahnt sich an, ohne dass es dunkel oder kalt würde.

Es wird Zeit aufzubrechen. Ich mache die Wohnung dicht. Er bemüht sich heute wirklich, stelle ich fest. Trägt sogar die Abfälle hinunter. Denkt an alles. Ob das Gas abgedreht ist, fragt er. Ob ich meinen Pass habe. Im Auto streichelt er wieder meine Knie. Seit Tagen bin ich geil. Von anderen Begegnungen, Annäherungen, aus denen ich nichts gemacht habe. Und seine Anwesenheit gibt mir den Rest. Ich rekle mich ungeduldig am Sitz. Sein Blick geht mir unter die Haut. Ich lache. Er fasst mich blitzschnell am Hals.

„Was ist? Warum lachst du so?"

„Und du?"

Meine Beine spreizen sich wie von selbst, obwohl seine Hand, die mit dem Schalten viel zu sehr beschäftigt ist, kaum etwas für mich tun kann. Mein angeschwollenes Geschlecht spüre ich wie ein schweres Gewicht, in meinen Schamlippen pocht das Blut. Der Rock wird mir zu eng, die Strümpfe, der Slip.

Wir kommen zum Bahnhof, hasten zum Schalter. In der Schlange lehne ich mich immer wieder an ihn, bewege mein Becken leicht an seinem Unterleib.

„Du bist verrückt. Du machst mich wahnsinnig. Hör auf",

keucht er.

Seine Zunge schlüpft in mein Ohr, tobt dort herum. Auf der Rolltreppe hat er die Hände auf meinem Hintern, tastet sich zu der Stelle, wo der Rock aufhört.

Dann bleiben noch zehn Minuten bis zur Abfahrt. Wir finden das reservierte Abteil. Dort ist niemand. Er sperrt zu.

„Und wenn jemand kommt?"

„Es kommt aber niemand um diese Zeit."

„Woher weißt du das?

„Und wenn, muss er erst aufsperren."

„Dann finden sie uns und wir sind dran", sage ich, während ich hastig die Strümpfe über die Beine ziehe, dann das Höschen. Beides in ihrer Manteltasche verstaue.

„Die brauchen erst einen Schlüssel", zischt er hervor, während er an seinem Zipp nestelt, den Schwanz herauszieht.

„Schnell, leg dich hin."

Ich lege mich auf die Sitzbank, schiebe den Rock über die Schamhaare hinauf, ziehe mit den Fingern die Lippen auseinander, damit er ja gleich gut hinkommt. Er kniet sich vor mich, ist auch schon mit dem Mund bei meinem Kitzler. Er leckt mich, als wäre es zum letzten Mal. Mit der Hand reibt er sich hektisch den Schwanz.

„Es kommt jemand", flüstere ich. Er hört auf. Wir lauschen. Ein kühler Luftzug streicht mir über die nasse Haut.

„Aber nein, niemand", sagt er, während seine Hand besessen weiterwichst.

„Dann leck mich weiter... komm schon."

„Leg dich anders hin... weiter hinauf."

Er fährt mir mit den Fingern in die Fut. Mein Herz klopft vor Aufregung zum zerspringen, so scharf bin ich darauf, es zu kriegen. Bis zum Arschloch hin geil. Den Hintern zieht es mir zusammen, so wenig kann ich es erwarten. Er bräuchte nur ein bisschen länger weiterzumachen. Ich bräuchte nur ein bisschen weniger Angst zu haben. Es kommt und kommt mir nicht. Fünf Minuten vor der Abfahrt. Den Lautsprecher hör ich schon.

„Machs dir allein", sagt er, zieht die Finger aus meiner Fut, reibt sich kniend den Schwanz weiter. Sie legt sich den Finger an den Kitzler. Er rutscht in die Scheide hinein. Draußen am Gang gehen jetzt Leute vorbei, Koffer pumpern an die Tür, Stimmen rufen einander etwas zu.

„Bitte", sage ich, außer mir vor Ungeduld und Angst, ich könnte doch noch leer ausgehen. „Bitte, leck mich wieder. Schnell!"

Er beugt sich wieder zu mir herunter. Seine Zunge vergräbt sich folgsam zwischen meinen Lippen, leckt ohne Unterlass. Meine Erregung steigt ins Uferlose – und kippt nicht. Ich muss, ich muss. Zwei Minuten vor der Abfahrt.

Jetzt erst recht. Ich presse die Schenkel, die Arschbacken zusammen. Bäume mich auf. Er hebt den Kopf.

„Ich muss jetzt gehen."

Da kommt es mir – mit seinem Finger in meiner Fut – mit meinem, der sich auf den Kitzler legt. Wild. Wild. Wahnsinnig ist es.

„Was hast du? Was hast du?" Er kniet neben mir, beobachtet mich fassungslos. Es hört nicht auf. Ich wälze mich keuchend auf der Bank, seine Hand halte ich fest. Dann ist es vorbei, Sekunden später. Ich richte mich auf, an seinem Körper. Mein Mund an seinem nassen Gesicht.

„Ich hab's doch jetzt gekriegt... Du... Lieber...

Hinaus. Auf den Gang, dann zur Tür, die ins Freie führt. Ich bin nackt unter dem Rock, stehe zitternd und keuchend bei der offenen Zugtür, an ihn gelehnt.

„Was hast du?“, fragt er unaufhörlich.

„Ich bin noch ganz...“, stammle ich.

„Hast du’s wirklich gekriegt...?“

„Ja.“

Ich küsse ihn. Die knie beben mir. Der Schaffner steht vor uns am Bahnsteig und schaut uns zu.

„Ja, wozu soll denn das gut sein, wenn wir abfahren wollen?“, sagt er böse.

„Man wird sich doch noch verabschieden dürfen.“

Die Tür klappt zu. Er läuft zum Fenster. Wir lachen, lachen, lachen.

„Danke für alles“, sage ich, als ich seine Hand loslasse, weil der Zug anfährt.

„ICH hab zu danken.“

Er bleibt zurück und verbeugt sich. Mein Gesicht ist heiß, die Knie schlottern. Ich bin wie in Trance. Er zieht ein Taschentuch heraus, packt es mit beiden Händen und winkt. Winkt und winkt, lachend, und ich zurück. Wer wird die Arme als erster senken? Er nicht. Sein Tuch geht wie ein Segel auf und nieder, bis der Zug die erste Kurve nimmt. Er macht weiter, er macht für mich alles, bis zu diesem letzten Bild, das nicht aufhören darf, damit es in meinem Gedächtnis bleibt.

MEDUSA

Sex ist noch das Beste in der Beziehung zu ihr. Zumeist ärgert oder langweilt sie mich, und ich erwog schon oft, mich zurückzuziehen, immer wieder darüber entsetzt, wie bieder und langsam, ja schwerfällig sie ist, wie sehr es ihr an Originalität, an Witz und Pfiffigkeit mangelt, all dem, was mir an ihren Vorgängerinnen immer so gut gefallen hat. Neben diesen Frauen, aber auch neben mir wirkt sie verschlafen und plump, zugepackt von Komplexen und von ihrer Angst, in der Gesellschaft meiner Freundinnen zu versagen. Und sie versteckt diese Furcht in einem bemühten, arrogant gemeinten Blick, Augenlider halb herabgezogen, so als stünde sie unter Drogen oder hätte Medikamente genommen. Tut überheblich, gibt vor, alles im Griff zu haben, dabei weiß ich, sie ist drauf und dran wegzulaufen, so unbeholfen fühlt sie sich in unserer Runde. Eine jammrige Gestalt, die sich über die Vorkommnisse in ihrem Leben immer und überall beschwert. Sogar in ihrer eigenen Wohnung hat sie ihren Oberkörper leidend nach vorn geschoben, das Becken angehoben. Sie geht durch ihre Räume, als würde sie es nicht wagen, richtig aufzutreten. Die Zehenspitzen zuerst.

Was auch immer sie für mich macht, und sei es auch nur ein Frühstück, sie hat einen leidenden, anklagenden Ausdruck im Gesicht, die Maske der geknechteten Kreatur. Wenn sie sich unbeobachtet glaubt, entkommt ihr manchmal der resignierte Seufzer „ach ja", der zu alten Weibern in schlecht gelüfteten Wohnungen passt. Und ich habe Lust, sie anzuschreien und zu rufen: ich kann doch nichts dafür.

Aber wofür?

Im Bett ist alles anders. Sobald ich neben ihr im Bett liege, knipse ich das Licht aus, damit wir schnell einschlafen, sie auf ihrer Seite, ich auf meiner, denn die langen, durchfickten Nächte strapazieren mich allmählich. Wir geben uns einen Gute-Nacht-Kuss, als hätten wir beide nur das Einschlafen im Sinn. Doch schon bleiben unsere Lippen aneinander kleben und öffnen sich wie feuchte Gefäße. Weiche Schnäbel tasten sich wieder und wieder aneinander heran, die Schleimhäute wölben sich zueinander. Ihre Zunge zuckt zu mir herüber, schlüpfrig. Ihre Lippen rutschen an meinen Wangenhaaren vorbei, als wären sie kurz vor dem Absturz in eine tiefe Kluft und hielten sich noch schnell vorher an mir an. Eine explosive Trägheit bemächtigt sich unser.

In mir beginnt es zu rumoren. In meiner Scheide regt sich vorerst nichts, nur eine Ahnung von Aufruhr bereitet sich in ihr vor, die die Taubheit von vorhin unterbricht. Kurze Sekunden körperlich noch nicht spürbarer Ungehaltenheit in meinem Geschlecht gehen der pulsierenden Aufgeregtheit voran. Es genügt wahrzunehmen, wie ihre Lippen sich an meinen verlangsamen, als würden sie sich in einer Denkpause befinden, und ich werde innerlich unruhig. Auch sie wird unerbittlich nach vorn geschoben zur Wollust. Sollte ich keinen Sex gewollt haben, ist es jetzt schon längst zu spät für solche Überlegungen. Ich bin mir selbst zuwider, weil mein Körper, trotz der Verachtung, die ich für sie hege, so schamlos auf ihre Berührungen anspringt. Wie leicht korrumpierbar ich bin und schon alles vergesse, den durchdringenden Geruch ihrer Räucherstäbchen, die Gurubilder an der Wand und die himmlischen Chöre, die in der Wohnung widerhallen, so dass man sein eigenes Wort nicht versteht, ihren heimlichen Griff nach der Flasche, denn das Meditieren wirkt nicht. Armer

Wurm, denke ich und weiß nicht, ob ich mich oder sie damit meine, meine Getriebenheit oder ihre.

Armer Wurm, denn es wird weitergehen, ich sehe es kommen und kann mich nicht dagegen wehren. Nicht, dass ihre Zunge fordernd wäre, eher spielerisch tastet sie in mich hinein, ohne aufzugeben, ohne etwas Bestimmtes im Sinn zu haben, leichthin, wie man sich an einem Geländer anhält, obwohl man die Treppen mühelos hinunterlaufen könnte. Immer wieder kommt sie an meinem weichen Mundinneren an, und ich bin von dieser Ziellosigkeit irritiert.

Ich weiß, dass sie, während sie in mich hineinleckt, darauf wartet, ja ihr ganzer Körper wartet schon darauf, dass eine kleine, auch nur winzige Reaktion von mir mich verrät. Die würde ihr sagen, sie darf. Ein Schmeicheln meiner Hüfte zum Beispiel, ein automatisches, unmerkliches Auf und Ab meines Beckens. Aber ich halte still, nur meine Lippen öffnen sich immer wieder. Lange geht dies so, bis ich mich in meiner Erregung doch unwillkürlich etwas härter, schneller in ihre Halsbeuge schmiege. Und schon schleift ihre Zunge an meinen Schläfen hinunter, und mir entkommt ein Stöhnen und Zusammenzucken. Wir werden beide davon durchgebeutelt, so dass das Schlimmste, Schönste, Schrecklichste, Aufregendste langsam Gestalt anzunehmen beginnt: Ihre Gier, eine unbändige, nicht einzuschätzende Kraft, wie ein Monster aus den Tiefen der See, das seinen schlingenden, nassen, gewölbten Körper nach mir ausstreckt und überall an mir anlegt, ohne mich zu erdrücken, aber doch so, dass seine quallige Masse mein ganzes Wahrnehmungs- und Körperfeld mit sich mitzieht, nach mir fasst und mich an sich saugt.

Sie ist nicht mehr wieder zu erkennen in diesen dunklen,

nächtlichen Stunden. Sie ist ein anderer Mensch, nicht mehr kalt vor Abwehr und falsch verstandenem Stolz oder halb betäubt vor trüber Lebenslethargie, auch nicht mehr linkisch. In ihrem Körper stampft und schlingt es, sie will mich. Darin ist sie ist nicht mehr zu bremsen. Sie will mich, und alles an ihr langt und brennt nach mir, so dass ich hochgehoben, getragen werde von der flutenden Bewegung ihrer Finger, ihrer Hüften, ihrer Zunge, die in großen, groben, rauen Bahnen jetzt schnell und wie unabsichtlich über mein Gesicht streicht. Ihre Schenkel schieben sich glatt und massig zwischen meine, lassen mich aufreiten. Nicht im Geringsten hat sie bis jetzt noch meine Fut berührt, und doch trieft diese jetzt schon, allein durch die Mächtigkeit ihrer Lust, dieses unaufhaltsame Ansteigen und nach mir Verlangen und mich Wollen und an mir nichts mehr in Ruhe lassen, bis sie mich ganz hat, geöffnet, weich und feucht gemacht, tief bearbeitet, durchgerieben oder durchgefickt, je nachdem.

Es ist nun alles gut an ihr in diesen Momenten, die Feinfühligkeit ihrer Finger und wie sie Berührungen einsetzt, wie sie selber an mir sich bewegt. Es genügen Momente, kurz wie Augenaufschläge. Ein Tasten, beiläufig wie Zufall, um meine Erregung zu einer unaushaltbaren Grenze hinaufzupeitschen. Es genügt, an ihrem Schenkel zu liegen und leicht mein Becken anzuheben, und mir dabei vorzustellen, wie obszön die Wölbung meines Hinterns für sie ist, und gleich darauf ihre Hände wie einen Lufthauch an meinen Pobacken zu spüren. Es genügt der Gedanke, dass sie zupacken wird, oder dass sie ihn geil findet, diesen Arsch. Es genügt, daran zu denken, was ich mit ihr alles machen werde, und wie es in ihr losflutscht, wenn sie sich mir hingibt. Nicht ich nämlich scheine sie dann zu ficken, sondern sie tobt sich mit ihrem Schwellkörper an meinem Finger aus, in immer neuen Konvulsionen gebraucht sie meine Handballen, um ihrer Lust zu frönen, dampft und stampft dem Höhepunkt entgegen.

Die Uferlosigkeit ihrer Lust ängstigt und ärgert mich auch manchmal, weil sie noch größer als meine zu sein scheint, noch mehr darin geübt, sich zu nehmen, was sie braucht, so lange sie es braucht und darin zu verharren.

Nach und nach geraten wir beide bei unserem Liebesspiel in einen Zustand, der zu einem langen Verharren im Orgasmus wird. Ihr Mund bleibt nach meinem Höhepunkt auf der Scham liegen und bewegt sich an ihr, auch in mir rührt sie weiter, und es ist als würde sich die Körperzone um mein Schambein herum ausweiten und breiter werden, dicker, sensibler und sich in den Bewegungen nicht mehr von den ihren, von ihren Lippengesauge und ihrem drauflos drückenden Gelutsche unterscheiden. Ja, wie eine gelbe Leuchtgarbe breitet sich die Lust an dieser Stelle aus. Es ist prächtig, könnte ich sagen.

Natürlich habe ich immer wieder geile, böse, schweinische Phantasien. Besonders, wenn wir anfangen, schießen sie mir wie Pfeile ein und machen mich noch durchtriebener, anlassiger, aufreizender, brunftiger, so dass sie noch mehr auf mich anspringt. In diesen Phantasien kommt sie nicht vor, aber sie werden von ihr ausgelöst. Je geschickter und feinfühliger, je anmachender sie sich bewegt, umso „schärfer" werden sie. „Spicy". „Juicy". So haben sie doch mit ihr zu tun, sind Antwort auf die wirkliche Rauheit und die schleimigen Untiefen ihrer Fut, die mein Finger eben aufstachelt. Ich stürze mich in schäbige Vorstellungen, was mit dieser Fut alles geschehen könnte, wenn ich nicht ich, und sie nicht sie wäre, was mit einer Frau in meiner Macht so alles passieren könnte, wenn ich zum Beispiel pervers wäre und sie nötigen würde, dies zu tun, jenes zuzulassen. Diese Gedanken lassen mich vor Gier fast ausrasten. In einem solchen Augenblick braucht meine Klitoris bloß den Schatten einer Berührung zu spüren und schon komme ich.

Am nächsten Morgen wird mir ihr Gesicht mit seiner ungesunden Blässe und seinem trüben Ausdruck wieder über den Rand der Teetasse leblos entgegenstarren und mich wütend machen. Aber jetzt, in der anonymen Schwärze der Nacht scheint jeder sensible Punkt in meiner Möse transparent vor ihr zu liegen und sich auf sie zu übertragen. Als wäre sie ich: Eine Verlängerung dieses feuchten, ungeformten, verformbaren, sich vergrößernden, die andere verschlingenden, sich in Zuckungen und Schwellungen, in Bauschungen und klaffenden Öffnungen bemerkbar machenden Geschlechts, das das unsere ist.

Robinson oder Eden im Atlantik

Als die Maschine der British Airways mit Steve an Bord abhob, war ich so ausgelaugt, so leer, nicht einmal richtige Traurigkeit kam auf. Eher das Gefühl, mit nichts zu Rande zu kommen. Ich rannte auf dem Parkplatz des Flughafens hin und her wie eine Ratte im Käfig und suchte mein Auto in der falschen Reihe. Die Wolken waren tiefrot und zogen sich, ineinander verschlungene Feuersäulen, über den gesamten Himmel, der Tower erschien dadurch in künstlichem Weiß. Dann fand ich die Ausfahrt nicht, dann wusste ich nicht, wohin mit mir, aus diesem Gefängnis seiner Abwesenheit und meinem Alleinsein und den vielen unerledigten Dingen, nie mehr erfahrbaren Momenten. Der westliche Himmel war immer noch purpurfarben, als ich auf die Autobahn auffuhr, dort wenigstens, ganz im Westen der Insel hat es heute Sonne gegeben, war der Tag nicht so schattenlos grau vorübergezogen, wie an uns beiden beim Warten auf seine Abreise. Trotzig fuhr ich nach Puerto del Carmen, das ich hasse, aber es erinnert an ihn, an seine Begeisterung für diese schäbige Freizeitwelt, in der er beim Flanieren am Abend an jeder Straßenecke Bekannten aus Manchester und Liverpool begegnen kann. Ich kam erst an, als es dunkel war und die Lichter der Kitschlokale angingen. Eine Stunde lang ging ich am Strand entlang, das Wasser hier gezähmt, wie in einer Kloake. Eine unpassende, leckende, nasse Schicht in dieser Stadt aus Billigbeton.

Dann rief ich meine Schwester in Wien an. Wir telefonierten vierzig Minuten lang, ich an einer Tankstelle außerhalb des Ortes. Vor ihr wenigstens konnte ich weinen, über all das Versäumte, über meine Benachteiligung. Bei ihm würde ich immer die zweite Rolle spielen, nach dem Alkohol. Über seine Rückzugsversuche und dass er jeden Abend seine Lokaltouren brauchte, bei denen ich nicht mitmachen wollte, dass er am nächsten Tag nicht hochkam und ich in den vierzehn Tagen Ferien neben ihm ein eigenes, einsames Leben geführt hatte, unterbrochen von unseren gelegentlichen Zusammenkünften zwecks Sex und Abendessen. Dass ich bald nicht einmal mehr wusste, was richtig und was falsch, was gut für mich war, keine Entscheidungen mehr treffen konnte und ein schlechtes Gefühl hatte, weil ich an seinem vorletzten Abend mit meinen deutschen Nachbarn, den Kiepkes ausging und einmal nicht mit ihm.

Nach dem Gespräch ging es mir etwas besser. Zu Hause las ich meinen Krimi weiter, wie eine Infusion zog ich mir die Geschichte hinein, Gott sei Dank war sie spannend und ich musste an nichts anderes mehr denken.

Am nächsten Tag fuhr ich nach El Golfo, schaute mir den Sonnenuntergang an, stur darauf aus, jede erdenkliche Schönheit der Insel noch schnell aufzunehmen.

El Golfo ist sehr weit weg, man ist vierzig Minuten unterwegs. Es war mir egal. Ich setzte mich in das Restaurant Costa Azul und hatte mit der Sonne Glück, kein Dunst, der Ball versank geradewegs im Ozean und danach gab es glühendes Rot-orange, Türkis und Violett und die Stimmung in dieser kleinen Bodega war feierlich. Ich war eingesponnen in mein Alleinsein, in eine bockige Rückzugsmentalität. Als es ganz dunkel war, um zehn nach sieben etwa, fasste ich plötzlich den Entschluss, in die Ferreteria von Tias zu fahren und meine Einkäufe zu machen, einen Kübel Farbe, um den Weg vor dem Haus neu zu streichen, zwei Stühle für die Terrasse, ein Geschirrabtropfbrett und einen neuen Besen.

Typisch für mich, die Ferreteria würde in zwanzig Minuten zusperren und ich brauchte mindestens fünfzehn Minuten hin, wenn ich „flog“, dann verblieben mir weitere fünf für die Einkäufe. Warum muss alles immer so unorganisiert sein, meine Sucht zu erleben, zu genießen und nach Menschen, brachte zunehmend Chaos in mein Leben. Natürlich hat meine deutsche Nachbarin, die Ilse Kiepke Recht, dass meine Ex-Freundin Christina da Ordnung hineinbringen könnte, auch wenn ich es ihr gegenüber nicht zugebe. Aber es wäre eine Ordnung, die ich gar nicht will, denn sie bedeutete den Verzicht auf dieses Hasten nach dem Schönen, nach Menschen auch.

Hinter dieser Getriebenheit stand alles zurück, auch meine Hausverbesserungsarbeiten, denn sonst wäre ich schon viel früher nach Tias aufgebrochen und hätte mit dem Sonnenuntergang nicht solange herumgetrödelt. Als ich hinkam, waren die Rollläden schon halb heruntergelassen. In aller Eile packte ich in den Regalen einen Farbtopf, einen Pinsel, zwei Plastikstühle, und einen Topf Spachtelmasse. So überstürzt würden die Deutschen, die hier ebenfalls Häuser besaßen, insbesondere die Kiepkes ja wohl nie einkaufen gehen. Sicher habe ich dafür auch noch zu viel Geld ausgegeben, natürlich keine Preisvergleiche zu anderen Baumärkten angestellt.

Am nächsten Morgen kam wieder Angst, gefolgt von Sinnlosigkeitsattacken. Die ersten Sekunden nach dem Wachwerden stürzten mich in die übliche depressive Stimmung, die sich erst beim Aufstehen legte.

Und so beschloss ich spontan, nach „La Graciosa“ zu fahren, auf die Nachbarinsel, klein und einsam. Ich hatte für die nächsten Tage nichts Dringendes vor, konnte also getrost einen ganzen Tag dort verbringen und erst am nächsten zurückfahren. Beim Packen war ich mir noch gar nicht sicher, wie lange ich bleiben wollte. Sollte ich Kleidung für zwei Tage mitnehmen und dann alles mit mir herumschleppen, wenn ich doch kein Hotelzimmer nahm, oder nur für einen Tag, und dann nicht einmal ein Pyjama mithaben, wo doch die Nächte kalt sind?

Um neun Uhr fünfundvierzig fuhr ich mit dem Auto Richtung Hafen, um zehn würde das Schiff ablegen. Ich verschätzte mich aber in der Zeit, dachte, ich bräuchte nur zehn Minuten nach Orzola, dann zog sich die Fahrt, und ich musste riskant überholen. Drei Minuten vor zehn kam ich an, riss den Rucksack aus dem Auto, die Wasserflasche, raste zum Kai, wenig später legten wir ab. Allein dieser Moment war wie eine Befreiung von der Vergangenheit der letzten vierzehn Tage mit Steve. Von meinem Hin- und Herrasen zwischen Sonnenuntergängen und Liebhaber. Meinen Blumenwiesen und Klippen, seinen Bars und Diskotheken.

Das Schiff legte schnell an Tempo zu, ich stand an der Reeling und beachtete keinen der Touristen oder Touristinnen, die mit nackten Beinen und Armen vorn am Bug saßen, bis ihnen die Gischtfontänen zu viel wurden. Dies war mein Weg in das Unbekannte, eine Reise zu mir selbst, in der ich alles ablegen konnte, was mich bedrückte und behinderte. Ich war noch unreif für diese Freiheit, denn sehr unentschlossen und traurig.

Klares Wetter, aber nach dem Kap fegte uns ein böser Wind entgegen, der auch den Hafen, an dem wir anlegten unwirtlich machte, die wenigen Leute zerstreuten sich schnell und ich wusste nicht recht, was nun aus mir werden sollte. Sollte ich wirklich über Nacht bleiben, zwei Tage auf dieser vom Wind zerzausten Insel? Ich tappte in das einzige Café am Hafen.

Das machen Abenteurer so, dachte ich, zuerst einmal in ein Café, sich der Umgebung anpassen, sie auf sich wirken lassen. Ein pickeliger, ungelenker Junge stand hinter der kleinen Theke, es gab nur drei, vier Plastikbarhocker, deren Sitzflächen eingebrochen waren. Am Klo kein Licht, keine Brille, kein Papier, kein Riegel zum Versperren.

Ich warf den Rucksack auf einen Stuhl und setzte mich zur Türöffnung, von wo aus ich windgeschützt Blick auf den Hafen hatte, unwirkliche Blauweißtöne von Himmel und Häusern, das Meer ölig grün mit Schaumkronen, die Klippen von Lanzarote noch recht dunkelgrau im Gegenlicht. Klirren der Takelagen. Hie und da schlich eine Gestalt vorbei und starrte ins Café. Die Dorfjungen hatten meine Ankunft, obwohl ich abweisend angezogen war, hochgeschlossener altrosa Pulli, gleich spitzgekriegt und Minuten später saßen drei von ihnen hinter mir und unterhielten sich lautstark mit dem Barmann. Einer davon war etwas trendiger gekleidet als die anderen, er trug eine silberne, vermutlich gefakte Oakley-Sonnenbrille, rote, im Nacken geschorene Haare, ein blitzblaues Shirt, und war um die Taille sehr schlank. Sein einziger Makel waren die auseinander stehenden Vorderzähne. Eine Stunde später lief er mir noch einmal über den Weg. Als ich mich zu einer Pension aufmachte, kam er an mir vorbei und grüßte. Ich fühlte mich schon dadurch so belästigt, dass ich nicht einmal antwortete. Ja, ich war schlecht drauf, das kann man sagen, ich nahm nichts locker, in diesen ersten Stunden, ich fühlte mich verfolgt, so allein hier, ich dachte, wenn mir jemand an den Strand nachgeht, bin ich ein leichtes Opfer, in der Gottverlassenheit hier.

Eine Bleibe fand ich gleich, natürlich gefiel mir das Zimmer nicht, dessen Fenster nach hinten auf eine Baustelle ging, aber es gab kein anderes, und ich fragte mich zum letzten

Mal, ob ich bis morgen bleiben wollte, aber da hatte ich dem Wirt schon die zweitausend Pesetas in die Hand gedrückt. Ich bin ja so umständlich, um halb zwölf Uhr Mittag krebste ich immer noch im Ort herum und schleppte Plastiktüten mit Proviant heran, eingekauft im einzigen Supermarkt der Insel, in dem noch dazu die Bürgermeisterin persönlich an der Kassa saß, in einer Jogging- oder Pyjamahose, die Füße nackt. Das eigene Porträt, sie in offizieller Pose und dunkelblauem Sakko, hing hinter ihr an der Wand. Ich wusste über eine spanische Freundin von ihrem Amt und sprach sie darauf an. Seit vierundzwanzig Jahren hätte sie es inne, sagte sie stolz.

Dann endlich hatte ich den Rucksack umgepackt und marschierte los, noch erschien mir die Außenwelt feindlich. Nur zum Wirt hatte ich etwas mehr Vertrauen, weil er mir die Jacke aufgehoben hatte, die ich auf dem Tresen liegen gelassen hatte, und sich dafür entschuldigte, dass kein anderes Zimmer frei war. Der Wind tobte und fetzte mir ins Gesicht und das Vorwärtskommen war beschwerlich, der Rucksack schwer. So verloren bin ich, dachte ich, und entfernt von allen, die mich lieben. Da piepste das Handy, das ich vorsichtshalber mitgenommen hatte. Ein SMS von Steve, meinem Sargnagel, aus Liverpool. Jetzt, kaum war er weit weg, sorgte er sich täglich um mich. *Hola mi chica*, schrieb er, *donde estas*, und ich textete zurück, *in la graciosa, in the far far west*, aber er reagierte nicht, meine Botschaft war nicht angekommen. Da setzte ich mich in den Windschatten einer Sanddüne, ausruhen musste ich ohnehin, ein paar Sekunden ohne das Windgeschiebe und -gezerre, und wählte seine Nummer, egal, wie viel dies mit einem Kartenhandy kostete. Ich ginge ganz allein durch die Wüste, die Insel wäre fast komplett menschenleer, erzählte ich, it is wonderful, aber vom Gefühl noch viel einsamer als der Famarastrand in Lanzarote, der Steve wegen seiner Weite und der Abwesenheit von Strandbars bereits geängstigt hatte. Hier nur Sand, Meer und Himmel, und sehr viel Wind, sagte ich.

Als das Gespräch zu Ende war, ging es mir besser und ich wurde zuversichtlicher. Der erste schöne Strand tauchte nach einer Stunde Kämpfen gegen den Wind auf. La Francesa, so heißt er. Niemand zu sehen, kein Badender, kein Pärchen, kein Fischer, nichts. Nur ich. Auf einer Düne machte ich halt. Da zog es weniger, obwohl ich höher saß als die Gewächse, die sich hier trotz unwirtlicher Bedingungen angesiedelt hatten. Der Wind wurde von den Pflanzen abgelenkt. Ich zog mich nackt aus und lief in das kalte Wasser. Ich war so misstrauisch, wegen eventueller Seeigel, dass ich mich im Seichten flach hinlegte, und vorsichtig an der Oberfläche blieb. Der Sand geriffelt von den Böen, und meine Fußspuren die einzigen menschlichen Zeichen in diesen fließenden Hügeln und Mulden, die in einer schwachen Wölbung aus dem Wasser aufstiegen. Ich fotografierte meine Fußabdrücke, dann „meine" Düne, die einzige Erhebung am Rande der Bucht. Dort stand aufrecht mein roter Rucksack.

Durch den Wind aufgewirbelt fegte eine zehn Zentimeter hohe Sandschicht dicht über den Boden, die dazu beitrug, meine Spuren innerhalb von Minuten wieder zu verwischen. Als ich aus dem Wasser kam, stießen die Böen an meine Haut und trockneten sie in Sekundenschnelle. Ich versank bis zu den Knöcheln im Sand, während ich hinauflief, um mein Handtuch aus dem Rucksack zu zerren. Dann saß ich mit angezogenen Beinen fest eingewickelt da, die Schultern immer noch im Wind, fröstelnd und doch von der Sonne aufgeheizt, betäubt von dem Wechsel heiß, kalt, Wind,

Wasser, tonisch war das. Turbulent. Ich starrte ohne weitere Ambitionen auf das Meer, das in allen erdenklichen Blau- und Türkisnuancen leicht an den Sand schlug. Langsam ließ die Anspannung nach, und das, was ich mir schon in Lanzarote gewünscht hatte, passierte allmählich. Ich verschmolz mit meiner Umgebung und wurde friedlicher. Ich machte mich daran, meine Vorräte zu essen, die Datteln als Belohnung zum Schluss, Mandeln ebenfalls, streckte mich nackt im Sand aus.

Erst nach und nach erschienen Leute. Ihr Kommen wurde von der Warnung im Kopf, mich anzuziehen, vorweggenommen. Ein Auto kam die Dünen entlanggefahren. Drei einheimische Männer, einer von ihnen stieg mit einem großen Sack auf der Schulter aus und begann den Strand entlang zu wandern, die anderen fuhren wieder weg. Dann sah ich in der Ferne eine Frau hinter einer niedrigen Steinmauer auftauchen und wieder verschwinden. Später erschien ein Paar mit einem kleinen Kind. Obwohl mich Leute sonst stören, waren die mir willkommen, weil sie dem plötzlichen Alleinsein in der Natur das Unheimliche nahmen.

Nach fast drei Stunden Nichtstun und bloßem Schauen und vor mich hin Träumen, an nichts bestimmtes Denken, bloßem Dasein, machte ich mich auf den Weg zu einem weiteren Strand, Playa Amarillo genannt, der sich an einen gelben Felsen schmiegte und gegen Westen gerichtet war. Das Ende der Welt quasi, nein, er bedeutete auch Geborgenheit, denn man muss, um zu ihm zu gelangen, eine Steigung hinunter und bevor man sich dazu anschickt, sieht man dieses Paradies von oben. Kühles Blau des Wassers, durchzogen mit grünen oder schwarzen Streifen, die entweder Steine oder Sand am Grund ankündigen, Ocker des Felsens, der den Strand schützt und unmittelbar in Sand übergeht. Das Wasser, das sich an dem gelben Hang entlang zum Ufer leckt, hat etwas von einem eingefassten Edelstein. Smaragd würde passen, oder auch ein Saphir.

Nur sechs Leute liegen neben glatten, schwarzen Felsbrocken, die halb im Sand verschwinden. Niemand beachtet mich und ich laufe auf das Wasser zu und stürze mich hinein. Der Wind hat jetzt nachgelassen, die Oberfläche der Wellen schillert silbern in der Abendsonne, Kälte und Nässe überziehen die Haut wie eine Maske bis zur Erstarrung, um dann im ganzen Körper das Blut zum Rauschen zu bringen.

Ich schlafe nach dieser Anstrengung ein, eingebettet fühle ich mich. Alles schöner, als man je erträumen kann, das Wasser ist harmlos und farbenprächtig, die Menschen ruhig und zurückgezogen, ebenfalls wie erschlagen von der Stille hier. Gegen sechs Uhr brechen alle drei Paare auf und ich bleibc allein zurück.

Da mache ich mit Selbstauslöser Aufnahmen von mir am gelben Felsen, gegen das Meer, gegen das Licht, liegend oder an die poröse goldgelbe Wand gelehnt, ich in einem Leopardenbikini. Die Felswand wölbt sich höhlenartig nach innen, und wird zum Meer hin dunkel, fast schwarz. Ihre Formen erinnern an ein im Flackern erstarrtes Feuer, an im Fließen, Türmen und Rollen stecken gebliebene Rauchschwaden.

Danach bin ich verängstigt von meinem Mut, so allein meinem Narzissmus gefrönt und mich selbst fotografiert zu haben. Was ist, wenn mich jemand vom Hang aus beobachtet hat, dieses Posieren für Fotos als Aufforderung versteht, zu mir herunterkommt und mir Böses will? Hier kann mir niemand helfen, die paar Touristen von vorhin sind bereits zurück in den Hafen. Es gibt auch keinen Fluchtweg, dieser Strand ist eine Sackgasse, so schön es hier auch ist, so toll die Sonne jetzt leuchtet.

Und so breche ich auf, etwas zu früh fast, am schönsten ist der Strand JETZT. Aber meine innere Unruhe ist größer. Der Rückweg dauert ohnehin lang, und als ich knapp vor dem Ort ankomme ist der östliche Horizont bereits dunkel. Im Westen Zwielicht über Himmel und Meer. Ich zögere, jetzt schon zur Pension zurückzugehen und bleibe noch eine Stunde am Wasser, im gegenüberliegenden Lanzarote flimmern Lichterketten auf, unweit von mir ein Lagerfeuer, in meinem Rücken Ausläufer des Ortes, vereinzelte Häuserwürfel im Sand, denn asphaltiert ist hier nichts, daneben niedrige Palmen mit dickem Stamm und kräftigen Wedeln.

Als ich ins Hotel komme, möchte ich nur noch schnell essen und dann ab ins Bett. An der Bar stehen laut redend die Einheimischen, im Speisesaal sitzen drei Pensionsgäste, zwei Frauen und ein Mann aus Wien. Ich will jeden Kontakt mit ihnen meiden, sie sind nicht mein Fall, zu spießig, zu ältlich, aber es geht nicht. Der Wirt kommt mit papas grias, einer Frühjahrsspezialität, Erdäpfel die angeblich wie Trüffel schmecken. Da er nur einen Teller hat, will er, dass wir teilen. Na gut, rede ich halt mit ihnen. Die Frauen sind nett, der Typ ein alter Macho, der in allem Recht haben will und sich wichtig macht, Fotograf bei Palmers, einer österreichischen Wäschefirma.

Als sie hören, dass ich allein unterwegs bin, bieten mir die Frauen einen jungen Fischer als Liebhaber an, den sie täglich sehen, eine sooo schlanke Taille, „der wäre etwas für mich“, ich solle nur ja mit ihnen heute noch etwas trinken gehen. Der käme sicher in die Bar. Er hätte rotes Haar.

„Ich glaub, den kenn ich“, sage ich, der Beschreibung nach wäre das der Typ mit den Oakleys, den ich am Vormittag habe abblitzen lassen.

„Der hat auseinander stehende Vorderzähne.“ Ich lache.

„Man kann nicht alles haben“, meinen die Frauen, „aber kommen Sie doch trotzdem mit uns in die Bar.“

„Gibt's denn überhaupt eine?“

„Ja, ja, aber die sperren schon früh. Um zehn schmeißen die dich raus.“

Zum Duschen bleibt keine Zeit. Ich sollte schlafen gehen, mich zurückziehen, schreiben und morgen um acht am Strand sein, damit ich vom Tag noch was habe. Die Fähre geht ja schon um vier zurück.

Stattdessen laufe ich mit den erstbesten Leuten mit. Noch dazu salzig und verschwitzt. Die schwarze Jacke, die ich in meinem Zimmer überziehe, täuscht darüber hinweg. Roter Lippenstift, mir werden bewundernde Blicke zugeworfen, als ich zurückkomme. Nicht nur von den beiden Frauen und den Einheimischen an der Bar, sondern jetzt sitzt neben dem Macho aus Österreich auch noch ein weiterer Mann, der mich erstaunt anschaut. Blondes Haar, vom Wind und auch vom Salz zu kompakten Locken gedreht, Ausläufer davon im Nacken von einem Gummiband zusammengehalten, kräftige Oberarme, Jeansjacke, Sandalen. Er erinnert an die ockerfarbenen Felsen, die Insel hat ihn ganz durchdrungen. Nicht, dass der schön wäre oder ein besonderes Gesicht hätte, die Nase ragt zu spitz hervor, das Kinn ist zu fliehend, aber wirklich hässlich ist er auch nicht. Er lebt hier seit acht Wochen in einem Zelt in den Dünen – was eigentlich mein Traum wäre. Hie und da schaue ich mir in Wien deswegen beim Vorbeigehen Zelte in den Auslagen der Sportgeschäfte an. Und da ist nun einer, der das verwirklicht hat. Das wird mir erst nach und nach bewusst. Als wir zu Viert am Tresen der einzigen Bar in La Graciosa stehen, finde ich es anfangs nicht der Mühe wert, mit ihm zu reden. Erst als der Fotograf mich zu nerven beginnt, wechsle ich die Seite und stehe nun neben ihm.

Er ist aus Deutschland, einen ganzen Kopf größer als ich und er erzählt von den letzten Wochen, die er hier verbracht hat. Bald sind wir allein. Als die Bar schließt, gehen wir in das Café am Hafen, das für uns noch eine Weile offen hält. Der Abend ist mild, windlos, wir sitzen im Freien. Die einzigen Menschen scheint es, und dicht am Meer.

Was er zu berichten hat, ist nicht spannend, wie auch die Satzfetzen der anderen nicht originell waren, sondern die Trägheit des Urlaubs in sich hatten, aber etwas ist an seinen Worten, das seine Erlebnisse zu etwas Besonderem macht, vielleicht seine Einstellung dazu, Schlichtheit, Ruhe. Er ist bescheiden, unprätentiös, trotzdem scheint er genau zu wissen, was für ihn gut ist. Er ist aufmerksam. Einsam auch. Die letzte Frau, mit der er sich hier eingelassen hat? Das war zu Beginn seines Urlaubs, vor acht Wochen. Eine aus Berlin.

Als der Ort längst schläft, und auch das Kinderlachen auf der Hotelterrasse am Hafen verklungen ist, reden wir immer noch. Er schlägt ein weiteres Lokal vor, die Hamburgeseria, ein dürftiger, schmaler Schlauch, mit einem stark frequentierten Tischfußball in der Mitte.

Nun weiß ich nicht mehr, was ich mit ihm reden soll, die unmittelbare Gegenwart haben wir in Erzählungen bereits erschöpft. Von meinem Beziehungsleben will ich nichts ausplaudern, eigentlich möchte ich ins Bett, die Bar ist sowenig einladend, das letzte Haus im Ort, verweht, davor steht ein Landrover Santana, schaut wie ein Militärjeep aus und ist das Traumauto meines Begleiters. Darin könne man schlafen und würde überall hinfinden, so drückt er sich aus. Jetzt ist wieder Wind aufgekommen und ich komme mir wie am Rande des Dschungels vor. Ich berichte von meinem Tag am Strand und dass mir das Alleinsein gefährlich vorkam. Er beruhigt mich. Hier würde niemandem etwas passieren, jeder kenne jeden. Ein Einheimischer wäre unten durch, wenn er einer Touristin etwas antäte.

„Musst dir halt einen Begleiter für den Strand suchen", setzt er fort.

„Meinst du?", frage ich. „Die kommen aber nicht einfach so, auf Fingerschnippen daher."

Spät aber doch, merke ich, dass er an mir interessiert ist. Nach vier Stunden Plaudern. Aha.

Als ich für beide die Zeche zahle, denn aus dem Gespräch habe ich herausgehört, dass er nicht sehr betucht ist, gibt er mir einen Kuss, der nur durch eine schnelle Wendung meines Kopfes nicht auf meinen Lippen landet.

Draußen verabschieden wir uns, bevor er seine nächtliche Wanderung durch die Dünen zu seinem Zelt antritt.

„Und da bist du also morgen auch am Strand?", fragt er. „Vielleicht sehen wir uns ja."

„Ja vielleicht", sage ich.

„Wo genau bist du denn...?"

Mein Händedruck wird doch inniger als ich wollte.

Als ich am nächsten Tag zu La Francesa komme sehe ich ihn, wie er gerade ein Badetuch ausbreitet. Mein erster Reflex ist Rückzug. Das Wetter ist noch schöner als gestern. Kein Wind, keine Wolke am Himmel. Ein tiefblauer Horizont, die Famaraklippen gestochen scharf, wie ein Scherenschnitt.

Silbersonnenspots tanzen auf den flachen Wellen, dass dir schwindlig werden könnte. Und da möchte ich allein sein und niemanden neben mir haben. Schon gar nicht jemanden, der sich Hoffnungen macht. Da ich jedoch zum Weggehen zu unentschlossen bin, begrüße ich ihn. Es wäre ja auch zu unhöflich. Gestern hatten wir uns quasi hier verabredet.

Und, was soll ich sagen? Ich bin anfangs zugeknöpft. Natürlich baden wir nackt und er hat ungehinderten Blick auf meinen Körper – integralement. Ich laufe hin und her zwischen Wasser und Sand, zwischen Wellen und Dünen, ich spritze, plansche und lache. Meine abweisende Haltung weicht sich auf. Weiß der Himmel wieso. Der Mann neben mir entspricht nicht meinem Ideal. Er ist etwas zu füllig um die Körpermitte, er hat nicht den Charakterschädel von Steve, die römische Nase, den glühbirnenförmigen Hinterkopf, den ich so liebe, die blitzenden, offenen grünen Augen, auch nicht seinen Witz. Die scharfen, knappen Bemerkungen, die in einem Wort oder Satz alles relativieren, vielleicht entromantisieren, was man so erlebt, und schon muss man schallend lachen.

Der hier ist ernst, selten witzig, manchmal doch. Nicht schön. Doch etwas an ihm bringt mich total zur Ruhe. Ich habe nach so langer Zeit auf einmal das Gefühl, so sein zu können, wie ich bin, und es ist gut so, ich bin begehrenswert, ich bin o.k. Und die Insel erst. Ein wunschloses Nebeneinanderliegen im Paradies. Er mag sie genauso wie ich. Er will nicht, wie Steve, weiter und woanders sein, Steve, der an einem Ort immer nur zu Gast ist, ohne sich wirklich darauf einzulassen. Der in ein Café gehen will, wenn es am Strand gerade idyllisch ist, surfen gehen muss, wenn die Mittagsmuße gerade über mich hereinbricht, Abendessenhunger hat, wenn die Sonne eben blutrot über dem Wasser segelt. Dann mir zuliebe gerade noch den letzten ihrer Strahlen abwartet und schon wieder unruhig wird und aufbrechen will.

Die Anwesenheit dieses Mannes, Thomas mit Namen, aber ist das Gegenteil, stärkt mich, ohne dass er viel dazu tut. Er strahlt ein globales Gefühl von Wohlbefinden aus, eine Art Aura.

Nach und nach beginne ich, mir das Undenkbare vorzustellen. Trotz unserer Nacktheit ist die innere Entfernung zwischen uns meilenweit, ist eine Berührung nicht denkbar. Er ist so fremd und groß und Mann und überhaupt. Ich könnte nicht, denke ich. Auch wenn ich spüre, dass er mich will. Andererseits regt die Sonne auf dem Bauch, zwischen den Beinen, auf der Scham unglaublich an. Liegen und sich eintunken lassen von der Wärme, dann wieder im kalten Wasser frösteln und erschauern, schnell durch die Adern wirbelndes Blut. Sich nach dem Schwimmen flach aufs Handtuch legen, und alle Viere von sich strecken. Das Meer ist rauchgrau im Gegenlicht, und die Sonne steht so hoch, dass ihre Strahlen nur in vereinzelten Blitzlichtern über den Wellen tanzen. Er fragt, ob ich wirklich, ganz wirklich, die Fähre um vier Uhr nehmen möchte, oder vielleicht doch noch eine weitere Nacht bleiben????

Ich halte die Augen geschlossen und denke, so unerotisch sind seine goldenen Haare auf den Armen und auf dem Rücken nicht. Wenn sie doch nicht um den Schwanz herum gar so ins Orange gehen würden. Das müsste wieder nicht sein. Wie wäre es, wenn er ihn mir jetzt hineinsteckte, nur schnell Sex, dann wieder wegweichen?

Plötzlich sage ich: „Weißt du was? Ich nehme die Fähre erst morgen, aber ich habe nur mehr dreitausendsechshundert Peseten, und zweitausend kostet allein das Zimmer, also für ein Abendessen und einen Café in der Früh und für den Proviant bleibt nicht viel." Ich krame meine Münzen zusammen. Mein Entschluss ist gefasst. Es wäre eine Sünde, an einem solchen Tag abzureisen. Sosehr habe ich mir doch ein bisschen Kontinuität gewünscht, ein bisschen Verweilen. Da soll ich gleich wieder los? Er zeigt sich über meinen Entschluss befriedigt. Ich hätte nicht gedacht, dass er und ich es so lange, so viele Stunden nebeneinander aushalten. Gegen drei brechen wir auf zu dem Strand mit dem gelben Felsen, wo ich gestern meine Selbstauslöserfotos gemacht habe.

Wie kann man Ruhe und Dahinleben gültig beschreiben. Diese Einheit zwischen den langsam dahinvagabundierenden Gedanken ohne viel Inhalt, ein ab- und anschwellender Fluss von Geilheit in den Eingeweiden, und dem Außen, dieser vollkommen schönen Natur, die Wasserfläche jetzt am Nachmittag wieder gleißendes Silber, in märchenhaftes Licht getaucht, weiche Rundungen der Bucht, nachgiebiger Sand, sanft abfallende Vulkanhänge in der Ferne, die Kontraste zwischen hell und dunkel, blau und creme, kalt und heiß, und ein zunehmender Hunger in den Lenden.

Am liebsten, denke ich, nun initiativ geworden, wäre es mir, ihn dort zu lieben, wo die Ockerfelsen in einem konkaven Schwung zum Meer hinunterstürzen, in dieser Höhlung, an der ich gestern gelehnt bin, dort ist es beim Sonnenuntergang noch heiß, aufgeheizt vom Tag und windstill.

Als wir aber an die gelben Wände gelehnt sitzen, sind wir beide schüchtern. Merkwürdig, ich und schüchtern! Ein Ja und ein Nein in mir, ein Angezogen- und Abgestoßenwerden. Ich weiß auf einmal, was mich für ihn so einnimmt. Wir sprechen über Musik und kommen auf Woodstock zu reden. Er ist ein Relikt aus jener Zeit und seitdem nicht erwachsen geworden. Er lebt ganze Monate, so wie jetzt, irgendwo auf der Welt. Dazwischen arbeitet er, als Steinmetz, denn das Sozialpädagogikstudium hat er vor langer Zeit an den Nagel gehängt. Sobald er genug Geld für die nächste Reise gespart hat, ist er schon wieder auf und davon. Er erinnert mich an meine Tramperzeit vor zwanzig Jahren, an das „auf die einfachste Form des Daseins reduziert sein", als Zeit noch keine Rolle spielte und eine unendliche Ausdehnung hatte. Natürlich verweigert er mit seinem unsteten Leben Strukturen. Verpflichtungen. Eine dauerhafte Liebesbeziehung. Aber das bringt mich ihm näher.

Meer, Sonne und Felsen haben das Lanzarote-Leuchten angenommen. Die Sonne steht tief und ist weißgelb. An der Oberfläche des Wassers ein heller, trügerischer Türkiston, der durch jede Welle gebrochen werden könnte, die Felsen lackschwarz. Das blendet so, dass sich ein Gefühl der Unwirklichkeit einstellt, und ich nicht weiß, was ich jetzt weiter tun soll. Diese Abendstimmungen dauern über viele, viele Minuten, das Bewusstsein kann sich ihnen kaum entziehen.

Das Meer saugt die Sonne auf. Kein Dunstschleier dazwischen. Kaum ist der letzte glühende Punkt verschwunden, springen wir übermütig hoch, um vielleicht doch noch etwas davon zu erhaschen.

Dann brechen wir auf. Kein Sex. Leider. Thomas verspricht mir, Freunde im Ort aufzusuchen, bei denen ich vielleicht gratis schlafen kann. Aber zuerst will er zu seinem Zelt, um sich eine lange Hose anzuziehen. Der Weg durch die Dünen scheint nie aufzuhören. Im Rücken haben wir die Lichter von Lanzarote und einen roten Himmel, vor uns Schwärze, Hügel über Hügel, die alle gleich aussehen.

„Du könntest mich hier jetzt umbringen", sage ich, „und keiner würde es je erfahren."

„Ja, was glaubst du, wer alles hier schon tot in den Dünen liegt", lacht er.

Er stapft voraus und ich hinter her, und bald ist die Nacht so dicht, dass man die Hand vor den Augen nicht mehr sieht. Es grenzt an ein Wunder, dass wir das Zelt finden. Es schaut in der Dunkelheit genauso aus, wie die Dünen selbst. Ich lege mich auf den Rücken und schaue die Sterne an, während er sich im Zelt zu schaffen macht und seine Kleidung wechselt. Keinerlei unangenehme Spannung ist zwischen uns. Es ist so, als hätte es seit immer so sein müssen. Verblüffend selbstverständlich.

Die Laternen des Ortes blenden unangenehm, je näher wir kommen. Dann suchen wir auch noch ergebnislos seine Freunde. Ich bin erschöpft. Die Hoffnung auf eine Gratisübernachtung schwindet. Wir gehen essen, papas arrugadas, Erdäpfel, die nur vierhundert Pesetas kosten, dann zur Pension, in der ich letzte Nacht gewohnt hatte. Ich will den Preis herunterhandeln, aber der Besitzer ist stur, zweitausend und nicht weniger. Wir gehen zu der anderen Pension. Die verlangen noch mehr, zweitausendfünfhundert. „Das geht schon gar nicht", rufe ich erbost. Der Palmersfotograf, der uns beobachtet, sagt: „Vielleicht schläfst du dann doch besser bei ihm im Zelt." Im Zelt. In seinen Armen. So gut kenn ich ihn doch gar nicht.

Schließlich sagt die Pensionswirtin, „o.k. zweitausend." Sie hätte heute Nacht ja ohnehin keine Gäste mehr gefunden, das Schiff ist längst gelandet und wieder abgefahren. Meine Nachtruhe ist gerettet, gleichzeitig kommt leises Bedauern hoch.

Er folgt mir in den ersten Stock. Auch er wirkt enttäuscht. Wir betreten einen rechteckigen schmucklosen Raum mit Klinkerboden und zwei Campingbetten, die links und rechts roh und lieblos in die Ecke gerückt worden sind, dazwischen gerade noch Platz für ein Nachtkästchen. Die Federn quietschen, als ich den Rucksack auf dem Bett abstelle. Ein Haken an der Wand und ein kleiner Stuhl, für mehr reicht der Platz nicht.

„Bitte tritt ein", sage ich.

„Ja darf ich denn?", fragt er. Dann überschlägt er sich beim Sprechen. Ich könnte ihn doch bei mir übernachten lassen. Wir würden uns den Zimmerpreis teilen, ich käme morgen mit dem Geld locker aus, und er könnte endlich wieder heiß duschen.

Ich schlucke. Also doch eine ganze Nacht mit ihm. Wenn schon nicht im Zelt, dann hier. Aber will ich denn in einem Zimmer mit ihm sein? Sex ja, aber dann einschlafen? Wenn der Sex schrecklich wird, liegt er trotzdem da.

Ich bin von den letzten beiden Tagen so erholt und mit mir im Reinen, so gar nicht neurotisch, dass ich zustimme. Insgeheim hoffe ich, dass er sich noch vor dem Schlafengehen duscht und nicht erst morgen. Ich teile mein Seifenrestchen in zwei Hälften und drücke ihm ein nussgroßes Stück in die Hand. Wir verschwinden in den beiden Duschen am Gang, jeder für sich.

Wir wird es nun sein? Eine Vereinigung bahnt sich ja so offensichtlich an, dass daran nicht mehr zu rütteln ist, obwohl keiner den anderen bis jetzt berührt hat. Aber wie wird es beginnen, vom wem wird es ausgehen?

Als ich ins Zimmer komme, liegt er schon. Ich lasse das Handtuch fallen und ziehe den Pyjama an. Dann lege ich mich in mein Bett.

„Und wer dreht das Licht ab?“, frage ich schnell, weil ich verlegen bin.

„Du.“

Ich stehe noch einmal auf, betätige den Schalter. Nun liegen wir beide im Dunkeln.

„Gute Nacht“, sage ich.

„Gute Nacht.“

Stille. Jeder atmet vor sich hin.

„Wenn jetzt nichts passiert“, denke ich, „und meine Geilheit von heute Nachmittag für den Hugo war, ebenso wie diese romantische Situation, was dann? Dass er so weiblich milde passiv ist, hätte man sich nicht gedacht.“

Da durchklingt seine Stimme den dunklen Raum. „Ich möchte dir für den schönen Tag danken“, sagt er, stützt sich mit beiden Händen auf dem Boden auf und reckt sich zu mir hin. Ich bin so überrascht, dass ich ihm entgegenkomme. So geben wir einander einen Kuss auf den Mund. Jetzt könnte es genug sein, aber wir küssen einander noch einmal, Lippen geöffnet. Seine Zunge wie ein fester, kleiner Kegel zwischen meinen Lippen, viel Luft dazwischen, viel Platz. Aufhören, erneutes Küssen, Zartheit. Sein Oberkörper immer noch auf die Hände gestützt zwischen Himmel und Erde. Wie lange hält er es wohl aus, mit seinen Steinmetzmuskeln? Es ist mir peinlich, ihn in dieser unterwürfigen Position vor mir zu wissen.

„Möchtest du nicht kurz zu mir herüberkommen?“, frage ich, vielleicht zu hastig.

„Ja. Kurz“, antwortet er. Und diese Bewegung zu mir, in mein Bett, sein herüberlangen, zeitlupenlangsam den restlichen Körper nachziehen, mich anfangs gar nicht berühren, sondern nur meine Nähe atmen, die Arme vorbereitend beugen für die Umarmung, mich nach und nach hauchzart umschließen, das ist so aufgeilend, ist so Wunscherfüllung, dass ich mich innerlich aufmache wie noch nie. Mir fehlen die Worte dafür, wie offen ich in diesen Sekunden für ihn war, wie dankbar für seine Nähe, wie geil auf jeden Hauch seiner Fingerkuppen, auf das leichte Tasten nach den Brüsten und das langsame Aufkommen auf meinem Bauch, dem Schamhügel. So sehnsüchtig aufgespalten, so klaffend offen, dass ich denke, ich muss schon schreien vor Lust, noch bevor ich ihn in mir spüre. Schreien und toben und einen Höhepunkt haben, noch bevor unsere Leiber aufeinander aufkommen.

Ich finde jede seiner Zärtlichkeiten, seine Sanftheit erregend, nach Steves tappender Unwissenheit und Uninteressiertheit an einem Frauenkörper. Dieser Mann hier ist sicher kein bisschen fetischistisch, aber er bringt mich zum Vibrieren, sein Bart mag beim Lecken vielleicht zu sehr kratzen, aber er weckt Feuer in mir, er ist in seiner ehrfurchtsvollen Berührung meiner Schenkel, meiner Brüste, meiner Klitoris so geil. Er dringt in mich ein, und ich werde getragen von unserem Auf und Ab und Auf und Ab, bis er ihn schnell wieder herauszieht, auf meinem Schenkel abspritzt und wir noch lange fest umschlungen liegen, in der seifigen Nässe zwischen mir und ihm.

„Ich hätte es so gern am Strand gemacht“, sage ich. Ob er auch daran gedacht hätte.

„Alle zwei Sekunden.“

„Und“, fügt er hinzu, „gestern Abend, als du an der Bar neben mir gestanden hast, habe ich unabsichtlich deinen Unterarm gestreift, deine Härchen. Da hat es mich total durchzuckt. Es war so erotisch und romantisch.“

Abschied

Die Zeit der Fähre rückt immer näher, und die Freude, mit einem Liebhaber im Sand zu liegen, der mir zur Verfügung steht, macht mich brunftig, ja scharf auf ihn. Es wäre toll, es genau hier zu treiben, flüstere ich ihm zu. Er leise, nein, er könne nicht, die anderen Leute wären zu nahe. Heute liegen noch zwei andere Pärchen unweit von uns.

„Gehen wir einfach eine halbe Stunde früher weg“, schlägt er vor. „Am Weg zum Hafen gibt es eine schöne Düne.“

„Aber kann man dort auch schwimmen?“

„Nein, das nicht.“

„Macht ja nichts“, sage ich, und rolle dichter an ihn heran.

„Nicht so nahe“, ruft er erschrocken.

„Du warst es doch, der das Handtuch dicht an meins gelegt hat.“

„Ja, das schon, aber man muss ja nicht gleich...“

Ich lehne mich mit dem Rücken an ihn, schiebe den Hintern an seine Leisten, sage „weißt du, wenn wir nachher in der Düne genau so liegen werden, dann hätte ich gerne, dass du von hinten in mich hineinkommst. Ich würde es mir vorne selber machen...“

„Hör auf“, keucht er, „hör auf. Du erregst mich.“

Ich habe bereits die Augen geschlossen, mein Becken schiebt sich eng an ihn, sein Schwanz richtet sich auf. Endlich ein steifer Schwanz an meinem Hintern, denke ich, endlich, nach Steves weicher Nudel, das war ja eine Erniedrigung, dass der nie konnte, weil er am Vorabend immer so viel gesoffen hat. Der hier kann, der liegt an mir und findet mein Becken erotisch und kriegt eine Erektion, wie er soll.

Ich taste mich mit der Hand zu seinen Lenden und streichle sie langsam.

„Da kommt jemand“, seufzt er.

„Dann legen wir uns ein Handtuch über die Hüften.“

„Das sieht man trotzdem“, stöhnt er. „Ich bin schon ganz draußen.“

Tatsächlich hat seine Erregung nachgelassen, weil eine Frau, aus dem Wasser kommend eben an uns vorbeiging. Ich werfe ein T-Shirt über unser beider Körpermitte. Ich halte still, lasse mich tragen. Die Sonne heizt. Vor meinen geschlossenen Augen tanzen Kreise, Punkte und Spiralen der Geilheit. Ich fahre langsam in den Zwischenraum zwischen unseren Körpern, schließe die Hand um seinen Schwanz, bewege die Finger auf und ab, nicht hektisch, nein müßig, satt und als er wieder anschwillt, drücke ich den Rücken durch, das Becken zu ihm, so dass die Arschspalte aufplatzt. Ich halte die Eichel an die feuchte Öffnung meiner Möse, schlingere mit den Hüften und ziehe den Schwanz zu mir hinein. Ich stöhne vor Glück. Er steckt in mir und stößt langsam an mich an, unregelmäßiges, von Gier getriebenes Stoßen in meine Weichteile, dann Aufhören, weil die Erregung zu arg wird. Aussetzen und dann wieder wollen, wider Willen, weiter stoßen, innehalten, schieben, nachlassen, und währenddessen reibe ich mich vorne, drücke die Klitoris so, dass sie mit ihren inneren Fortsätzen den Schwanz in mir berührt, mehr und intensiver, durchdringender und insistierender, und so werde ich weggetragen, immer höher, höher hinauf, bis ich mich zuckend an ihm entlade und mein Körper von Wellen des Wohlbefindens durchflutet wird. Gleich darauf spüre ich ihn heftiger und gieriger, breiter, ausgiebiger stoßen, bis er sich aus mir zurückzieht und zwischen meinen Schenkeln abspritzt.

Leise waren wir, und still liegen wir in der heißen Mittagssonne, angeklatscht von der Hitze, abgefertigt. Tief atmend.

Ich laufe ins Wasser und lasse die plötzliche Kälte über mich hereinbrechen. Das, denke ich, diese letzten achtundvierzig Stunden, das bin ich, das ist Leben.

Karin Rick

In Wien geboren, lebt dort. Dolmetscher- und Übersetzerausbildung, Lehrauftrag an der Universität Nancy, Konzept und Organisation von feministischen Symposien. Schriftstellerin und Übersetzerin.

Weitere Bücher von Karin Rick:
Herausgeberin vom konkursbuch 20: Das Sexuelle, die Frauen und die Kunst, 1987 - Frauen, Gewalt, Pornografie (zusammen mit S. Treudl) 1989 - Böse Spiele, Roman 1991 - Sex, Sehnsucht und Sirenen 1991 - Côte D'Azur, Erzählung 1993 - Mit Würde und Feuer (zusammen mit D. Voigt) 1993 - Der Rückfall, Erzählung 1996 - Sex ist die Antwort, Roman 1999.

Übersetzung aus dem Französischen:
Hélène Cixous, Das Buch von Promethea 1990 - Alain Robbe-Grillet, Vom Anlaß des Schreibens 1990 - Rachid Mimoumi, Der Fluch 1994.

Sex ist die Antwort

Erotischer Roman, gebunden, 144 Seiten, 3-88769-139-3.
Die Liebe zu einer Lederfrau verwirrt die Protagonistin. Und eine coole Ex-Freundin, deren Attraktivität längst passé sein sollte, lässt sich nicht so leicht abschütteln...
Mit Präzision erzählt Karin Rick in ihrem erotischen Roman von den vielen Gesichtern der Sexualität, auch von der Differenz zwischen sexuellen Phantasien und deren Verwirklichung. Die klassische Frage nach der romantischen Liebe bekommt ein neues Gesicht. Das Schwanken zwischen Wollen und Nicht-Wollen, die Lust an Glamour, an Unterwerfung und Dominanz, Eifersucht, Verlangen und

Sehnsucht leiten die Hauptpersonen Kay, Felicitas und die Erzählerin, drei Frauen, die im Spiel der Verführung zu recht ungewöhnlichen Methoden und Instrumenten greifen. Schauplatz ist Wien...

Pressestimmen zu „Sex ist die Antwort“:
„Eine überraschende Entdeckung für graue Wintertage hält der konkursbuch Verlag mit Karin Ricks lesbischem Sexroman bereit. Die Story eines hormonell äußerst aufgeladenen Dreiecksverhältnisses in der Wiener Lesbenszene überzeugt durch lockeren spielerischen Erzählstil und saftige, wirkliche erotische Sexszenen...“
(Siegessäule)

„... Ein ungewöhnliches Buch, in dem auch Ironie und Humor Platz haben.“
(Brigitte)

„...Das Fesselnde an diesem Buch ist dic Dcmaskicrung, die Offenlegung des Individuums als Wesen, das der Emotion (oder der Gier) Rechnung zollt... Geil ja, für Voyeure nein.“
(Buchkultur)

„‚Sex ist die Antwort‘ regt sehr zum Nachdenken über Erotik an, Erotik als lebensspendendes Prinzip. Die Antwort scheint weder in Felicitas‘ emotionaler Sparsamkeit zu liegen, noch in Kayes blanker Obszönität. Aber lebhaft geliebt werden muss... PS: Den hübschen österreichischen Ausdruck `Fut´ für den am meisten traktierten Teil einer Frau haben wohl viele deutsche Leserinnen lange nicht mehr gelesen.“
(Lespress)

Sex, Sehnsucht und Sirenen
Erotische Erzählungen mit Illustrationen, 144 Seiten,
ISBN: 3-88769-049-4.

Inhalt:
Die Reifeprüfung - Liebe am Nachmittag - La Belle et la Bête - Der Intellektuelle - die Geliebte und das Fest - Sex und Politik - Die Sommernacht - Die Freundin

Pressestimme zu „Sex, Sehnsucht und Sirenen":
„Diese Österreicherinnen haben einfach was... Wenn zum Beispiel eine Wiener Lesbe dann noch mit der Frau Doktor Alice Dorfer, die eigentlich zu einem Professor Dorfer gehört, ins Bett geht... In diesem Buch kommen auch einige attraktive Heteromänner vor, die am Ende jedoch meist loosen, weil sie sich als phantasielose Liebhaber erweisen. Abgesehen von einem fetten Jugendfreund einer Ich-Erzählerin, der sich im Bett zu ihrer großen Überraschung als Hauptgewinn entpuppt: oft ist eben nicht der Körper sexy, sondern der Geist... Eine der großen Stärken von Karin Rick: Sie kann Ambivalenzen der Lust messerscharf erkennen, mehr noch: sich an ihnen ergötzen..."
(Lespress)

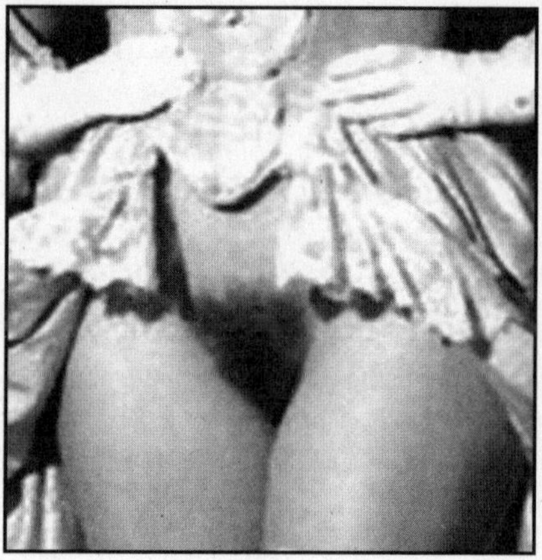